ミッドナイト

福島幸治

リトルモア

装画　武富健治
アートディレクション　大橋 修
デザイン　甲斐 雅（thumb M）

一章

1

日付が変わるころに部屋の電気を消す。

ダブルベッドに並んで寝る嫁と俺。

いくら体がそれを欲しているとはいえ、すぐに手を伸ばすにはためらいがある。「動物みたいな人」と思われたくないからだ。

俺は肩まで布団を掛け、いーち、にー、さーんと頭の中でゆっくり一〇〇まで数える。それから、おもむろに横を向き、嫁の胸に手をのせ、口を尖らせたまま顔を近づける。

「今日は疲れてるから。一人でして」

嫁は顔を背けて寝返りをうち、完全に俺に背中を向けた。

また拒まれてしまった。疲れているのはわかるが「一人でして」などという言い草はどうだろう?

やり場のない気持ちを抱きつつ、俺はなんとか眠ろうと努める。一般的に結婚して一年経たない夫婦はどのくらいのペースで性交しているのだろうか。嫁と一緒に暮らし始めてから、別々の家に住んでいたころよりも肉体的な距離を感じている。

結婚前は月に六回は会っていた。会うたびに性交するわけではなく、月に三回くらいというペースだった。が、一緒に住んでいる今は、多くて月二回とペースは落ち込んでいる。もちろん性交だけが目的ではない。嫁のことは愛している。が、正直こんなはずじゃなかったのにという考えもぬぐえない。

嫁は早くも寝息をたてている。たしかに嫁は疲れやすい。それは事実。結婚前は嫁の疲れやすい体質がプラスに作用していた。デートで歩き疲れる。疲れたから休む場所、すなわちラブホテルに移動というパターンが、同じ屋根の下で暮らすようになってからは、睡眠という展開にぶれてしまった。

俺は月明かりに照らされた嫁の寝顔を見る。嫁の顔はきりりとしてとても綺麗だ。輪郭には丸みがなく、シャープな印象。たとえて言うと、綺麗なニューハーフみたいな顔という表現がしっくりくる。嫁が聞いたら怒るだろうが褒めている。

近くでながめる自由は許されているのだが、夫婦といえど嫁はベタベタとくっつかれるのを嫌う。俺のほうから甘えようとしてくっついても、嫁の態度はそっけない。「あつい」「うっとうしい」「やめて」などなど拒絶の言葉がときには俺を燃え上がらせたりもするが「邪魔」「死ね」などという非情な言葉には、さすがに落ち込むときもある。

どうにも眠れそうにないので隣の部屋に移動する。パソコンを起動させた俺は「一人でして」を実践すべく、お気に入りのアダルトサイトにアクセスする。

一ヶ月約五〇$で動画ダウンロードし放題。

$で表記されているあたりがインターナショナルな感じ。小、中学生のころは田んぼや原っぱでエロ本を拾ったりしていたものだが、時代は変わった。今の子供たちはきっと親や兄のパソコンで勝手にわいせつなものを見ているんだろう。それもいきなり無修正とか。

三十秒程度の無料サンプル動画をダウンロードし、俺は一人で処理をした。嫁の体への執着も消え、聖人君子のような顔になっているはず。さっきまでの悶々はなんだったんだろう。清々しいまでの気分。

しかし、パソコンは嫁と共用。一人遊びの痕跡は残せない。サンプル動画は即座にゴミ箱に入れ、空にする。インターネットの履歴も消去する。これで問題なし。あとは物理的な証拠品の廃棄。丸まったティッシュをトイレに流す。ドアを閉め忘れたので、水の流れる大きな音が家中に響く。

目がさえてしまった。寝るにはまだ早い。

俺は知人であるインディーズ芸人のカマドウマのホームページをひらいてみる。三十才過ぎてお笑いも仕事も恋愛もなに一つとして上手くいってない彼は、自身のホームページで彼女を募集していた。それも年齢を十才もサバよんで。

これだけでも常軌を逸した行為なのだが、彼は女を紹介してくれて、もしその女性と交際することができれば謝礼として紹介者に五万円をはずむと書いていた。

紹介者に五万円が支払われた時点で女と連絡がとれなくなることを危惧しているのか、彼は「交際」の定義をつけくわえていた。それは〝少なくとも週三回のセックスを、最低でも三ヶ月以上続けること〟。

以前、嫁なら笑ってくれるだろうと、彼のホームページを見せたところ「なにこれ？まるで安い条件の愛人契約やん」と露骨に引いていた。週三回で三ヶ月、一ヶ月を四週とすると、三ヶ月で三十六回のセックス。たしかにそれなら紹介料五万円払っても元はとれたと考えることはできる。

これだけ人間くさい叫び、もとい、面の皮のあつい要求を恥ずかし気もなく、ホームページに晒せるなんて驚嘆に値する。が、これじゃ女に嫌われるだろう。

彼女募集の文面をさらに下へとスクロールさせていくと、新しく「今月中に彼女ができないと自殺します」と書き込んであった。夜中にもかかわらず、これには大爆笑してしまった。嫁を起こしたかと不安になったが、ドアを開けると変わらず寝ていた。

彼のホームページを閉じ、2ちゃんねるをひらく。

無名のインディーズ芸人としては異例ともいえるくらいに、カマドウマのスレッドがいくつも立っている。とはいっても主に批判的なアンチスレばかりである。その中から〝厨房カマドウマをたたくスレＰＡＲＴ７〟をひらく。カマドウマの日記から狂った部分をコピーして貼付けている人がいるので、カマドウマ語録の総集編のようにもなっている。「セックスはできないし仕事もない！　気になって芸どころではありません！　親切な女の人、ぼくにセックスをさせてください！　そして養ってください！　売れたらポイ捨てなんてこと絶対にしません！」などと思いきりのよい発言が目立った。ある意味、心の叫びなのだろう。しかし、いい大人が駄々をこねているようにも思える。

それに対する2ちゃんねらーたちの罵詈雑言の数々。あげくにカマドウマ本人まで登場して言い返している。

思うにわざわざ悪口を書き込む人間は確実にカマドウマの一挙手一投足に興味を抱いているわけで、需要と供給が成り立っているともいえる。屈折はしているが、広義的には愛なのだろう。

机の上の携帯電話がブルルと震えている。こんな時間に誰が電話を？　メールか？　俺は携帯をとりあげた。が、震えていない。液晶にはなんの表示もない。次の瞬間、空気がぴりりと割れるような感触。そして、五秒ほど部屋が横に揺れた。

揺れはさほど大きなものじゃなかった。ここ最近よく揺れる。もう慣れっこになっている。寝室のドアを開ける。ベッドの上では上半身を起こして嫁が泣いていた。目や、鼻、それに口で泣くのではなく、嫁は肩の筋肉まで使って全身で泣いていた。

俺は嫁を抱きしめる。

「どこ行ってたん。うちのことほったらかして逃げたって思うやん」

「ちゃんとおったから、隣の部屋やけど。絶対一緒に逃げるから」

腕に力を入れる。嫁の呼吸が除々にではあるが安定してきた。嫁は中学生のときに大地震を経験していた。住んでいたところはもっとも被害が大きかった地区だったが、幸いにも家族に大怪我はなかったらしい。その地震のことを嫁からはほとんど話さないし、俺もわざわざ聞こうとはしなかった。

俺は嫁にキスをする。本能的に口を吸う。そのまま押し倒し、胸に手をかける。嫁と目があう。おたがいに目をそらさない。二人の考えることは一つ。

そこで嫁がひとこと。

「コーヒー飲むわ。どいて」

2

隣の部屋からテレビの音が漏れている。俺はベッドで横になっていた。一人で寝るには大きすぎるベッドだった。シーツには嫁のにおいと温もりが残っている。テレビの音が耳に障る。嫁は戻ってきそうにもない。

俺はリビングのドアを勢いよく開ける。

「もう遅いし寝ようや」

「遅いってまだ一時すぎやん」

「頼むわ、明日も仕事やねん」

「いま、寝る気せーへんもん」

「君、疲れてスースー寝とったやん」

「一度起きてしもたら目がさえたわ。コーヒー飲んでしもたし」

そう言いながら嫁はテレビのチャンネルを何回も変えていた。

「テレビなんて面白くないやろ？　それやったらセックスしようや」

でかけた言葉を急いで飲み込む。夫婦間のセックスの回数を法律で決めてほしいくらいだ。

俺は無言でテレビのイヤホンを嫁に渡す。嫁は黙って両耳にセットし、俺はジャックをテレビにさしこむ。ほぼ無音の部屋に、冷蔵庫と外を走っている車の音が響いた。

俺は嫁に背中を向け、寝室に入る。閉めたドアにそのままもたれかかる。

明日も仕事だ……だから、それがなんだ?

俺はリビングに戻り、テレビからイヤホンを引き抜き、そして嫁の隣であぐらをかいた。

「寝んでええの?」

「えーわ。どーせたいした仕事してへんって営業の連中には思われてるし」

「大変やなぁ、男は。一家の家計ささえなあかんし」

「ほんまたいした仕事ちゃうし、えーよ。仕事なんて関心ないもん」

輸入を生業とした会社で俺は働いている。就職活動で努力した末に入った会社ではない。父親に拾われたのだ。

大学を出たあと、俺は四年ほど実家に住んでいた。就職もしないで、こづかい稼ぎに週に三回ほど、終業した電車の中を掃除するアルバイトをしていた。そんなとき、父親に知人の会社で働いてみないかと持ちかけられた。親の用意したレールに乗ってしまうのはなんとなく嫌だったが、二十代半ばを越えてくると、自分が特別ななにかになれるわけではないことを感じてくる。そもそも、なにかになれるという考えが楽観的なのだ。

そして俺はコネ入社の道を安易に選んでしまった。

就職して社会に……とはいえ、用意されていた椅子は会社からほとんど外に出ない事務職であった。長年勤めていたオバさんが辞めたので、募集をかけるのもめんどくさく、俺に話がきたのだろう。

一日の仕事は、さして時間のかからないデスクワーク、電話番、もう一人の事務のオバはんとの無駄話（おもに芸能ニュース）で成り立っている。オバはんとの無駄話のせいで、どのタレントとタレントが交際している、どのタレントはホモやレズビアン、どのタレントは宗教にハマっているなど、そんな余計なことにすっかり詳しくなってしまった。完全なるルーティンワーク。もちろんタイムカードは定時の五時半ジャストに押している。

「まぁ、多少の寝不足は影響ないよ。ぶっちゃけ寝ててもえーくらいやもん、注意ぐらいですむやろし」

十二時前という少し早めの時間にベッドにはいったのは、嫁とのセックスを考慮した上でのことだ。

「ふ～ん、あんたおらんでも特に困らへんのやろ？　だるかったら有給使えばいーやん？」

嫁はコーヒーをスプーンでかきまぜながらチャンネルを変え、またしばらくするとチャンネルを変える。

急に俺は屁をこきたくなってしまった。そこそこのテレビの音量。気づかれないだろう。上半身をひねりストレッチをよそおいながら微妙に尻を浮かせ、音を出さないように屁をこく。

一緒に暮らすようになって半年、俺は決して嫁の前で堂々と放屁しない。嫁もまた俺の前では放屁しない。夫婦なのに他人行儀なと言われるかもしれない。だが、親しき仲にも礼儀ありと反論したい。アイドルや女優がバラエティ番組はおろか、ドラマの中ですら放屁しないように、美形の嫁がバスバスと屁をこく姿は見たくないし、想像もしたくない。ともに生活しているとはいえ、どっぷりと日常に浸りたくはないのだ。

中学二年のとき、とある男子が女子に向かって「俺はな、恋人同士になったとしたらな、たがいに屁をこいても笑いあえる仲になりたいねん。そういう遠慮せずにすむ気どらない関係って絶対に楽しいと思わへん?」などと言っていた。机につっぷし盗み聞きをしていた俺は、なんて達観したやつなんだと感心していたが、今は違う。その考えにはノーだと言える。何十年と連れ添い、円熟というよりむしろグダグダになった夫婦ならまだしも、子供もいない新婚初期だ。いい意味での緊張感は残しておきたい。

嫁はチャンネルをいじるのをやめた。その局では、芸人たちが自分の面白エピソードを語り合う番組をやっていた。

丸坊主の芸人が大学時代に自転車で走っていたら警官に職質されたときのやりとりを話し、最後にちょっとしたオチがあってテレビの中の芸人たちは爆笑していた。

俺も含めて、そこらの素人が話してもこうはならないだろう。そもそも素人だと思い出しながら話すのが精一杯であんなにスムーズにはいかない。俺はそこそこ面白くて、ところどころで笑っていた。今度、レンタルで探してみよう。

が、嫁は笑わないどころか、顔の筋肉をぴくりとも動かさない。

「君はこういうので本当に笑わへんよなぁ？」

俺の問いかけで、魂が抜けたような嫁の表情に生気が戻る。

「う〜ん、なんかわざとらしいやん？　笑わせたろってオーラがムンムンでさ」

「その、わざとらしい部分がいわば技術なんちゃうの？　わざと間をあけてから言うとかそうゆうことやろ？」

「そういうの感じると、引くというか、笑わへんぞって身構えてしまうのよね〜」

「ただで見てるねんから、身構える必要ないやろ！　ポイント引かれるわけでもないやん」

嫁は後ろに両手をついて、大きくのけぞった。

「うちはね〜、もうちょい自然な笑いが好きやねん」

「自然な笑いってなんやねんな！」

思わず口調が荒くなる。

「たとえば計算じゃなくて、ハプニングが起きたりとか、素になって慌てたりとか、熱々のおでんに飛び退いたりとか……そうゆう部分のが美しく感じひん？」

「俺には幼稚に見えるけどなぁ……そんなん本人が意図したところで起きる笑いやないんやろ？　いうたらただの事故やん？」

「事故かぁ、わかってくれへんなぁ。たとえばやで、男のあんたにはどんなたとえがええやろ。自然な笑いとわざとらしい笑いやろ、ん～っと」

「無理にたとえんでえ～やん」

「そやなぁ、上半身裸の子がフライパンで胸を隠すのがわざとらしい笑いとしたら、女子高生が三十五度を越す真夏日にスカートをパタパタして風を送り込んでるのが自然な笑いやないかな」

「……まぁ、それを聞くと自然な笑いも悪くないかなって気になるな」

ちなみに嫁はサイコロトークが大嫌いで、笑っていいとものテレフォンショッキングはやや好きらしい。そしてチャップリンやミスター・ビーンには殺意を抱いてしまうらしい。

嫁がチャンネルを変える。他の番組ではヒューマン・ライフというお笑いコンビが一つの任務をうけていた。それは犬の言葉を翻訳する機械で、映画に出ている犬の鳴き声とシーンが合っているかどうかを確かめるという企画だった。

『南極物語』で仲間から見捨てられ置いていかれる犬の悲しい鳴き声に機械をあわせると「クジラの肉食べたいわぁ！」だったり『ハチ公物語』では帰らぬ主人を待つハチの鳴き声が「恋のヒントってつかみづらいよね？」だったりで、犬たちはぜんぜん演技がなっていなかった。

もちろんこれは番組側のヤラセで、それだけならば嫁のもっとも嫌いな笑いなのだが、ヤラセと知らないヒューマン・ライフがいちいち、なにこれ機械壊れてんちゃう？　とニマニマ笑ったり、素でとまどったりする様は嫁にとってまずまず面白いらしい。

「こーゆーのは嫌いやないんやな、君は」

俺の問いかけにまったく反応せず、嫁は笑っている。無視されたことには腹が立つが嫁が笑っているのでよしとしよう。

「そーいや、あんたってさぁ……」

少し嫌な予感がする。

「この人らと昔、同じ舞台に立ったことがあるんやろ～？」

嫁がテレビを指差す。

「そんな話、君にしたっけ?」

めんどくさいのでしらばっくれる。

「言うたって〜! うち何回も聞いたで〜」

「ちゅうても大昔の話やん。十年近く前やで」

「なぁなぁ、なんであきらめたん? なんであきらめたん?」

「あのさぁ、だからなんべんも言うてるやんけ! そもそも芸人に憧れてへんって! 友達に誘われて半年くらいコントやってただけやっちゅーの!」

「そんな言い訳えーからさー、挫折したとき、どんな気持ちやったん? 教えてーやー」

テレビを消した嫁が俺の膝に手を乗せ、つめよる。一度このパターンに入ると病的なまでに嫁はしつこい。

嫁の手前、恥ずかしいから挫折していないフリをしているのではなく、芸人として大成する気などなかったし、そんな器ではないことくらいわかっていた。

舞台に立つキッカケなんて、本当に成行きでしかなかった。

キッカケは十年ほど前、友人の宮本とファミレスで飯を食っていたときだ。彼はかつて通っていた大手の芸能養成所での話をしていた。「あのときの俺は輝いていたな」「二百人以上を前にコントするって、どんな緊張感かわかるけ?」などと遠い目をして語っていた。

俺はだんだんと聞いているのがうっとうしくなり「でも、結局あかんかったわけやろ？　なんであかんかったん？　まぁええけどな、あきらめたんやったら大人しくしてたらえーんちゃう？」などとあおってみた。

すると宮本は「まだあきらめてへんわ～、俺はまだ輝けるわ、ボケ～！」と逆ギレ気味にやる気を出した。彼は三日後に、お笑いライブのレギュラー出演者を募集するチラシを持ってきて「これ出たいんやけど、君ヒマやろ、出よ～ぜ」と俺を誘った。

たぶん宮本は俺の隠された笑いの資質を見抜いたわけではないだろう。身近なヒマ人であれば誰でもよかったはずだ。俺も大学を出て確かにヒマだったので「うん、えーよ」と承諾してしまった。ものごとが始まるキッカケなんてそんなものだと思う。

ライブの他の出演者たちが意気込みを語っているときも、俺ときたら「ただのヒマつぶしやで」「思い出作りやで」「だって目立つ気ないもん。注目されたら恥ずかしいやん」などと芸人にあるまじき言葉を吐き、特異なポジションで受けいれられてはいた。

ライブは月に二、三回。客は毎回四十人くらいで小規模ライブだったが、スリルがあって楽しかった。

ヒューマン・ライフはそのとき一緒にライブに出ていた仲間で、そのときは二人とも別々のコンビだった。ちなみに2ちゃんねるで攻撃をうけていたカマドウマもそのライブに出ていた。

半年くらい舞台を続けたころ、相方の宮本が上京することを思いたった。彼は俺の覚悟のほどを見抜いていたのだろう。「一緒に天下をとろうぜ！」「お前以外のツッコミは考えられないんだ！」などと熱いプロポーズはなく「俺、東京に行くんやけど、よかったら君も……行く？」程度の軽いフレーズを投げかけてきただけだった。それをうけた俺は「東京か……遠いな、遠いよな」と一言だけ漏らした。宮本は最初からわかっていたかのように「オッケオッケ、わかった。スマンスマン」と話を打ち切り、黒田美礼のオッパイについて語りだした。そのときは少し淋しかった。それはたしかに淋しいものだった。

が、それから数年経つと、かつてのライブ仲間がテレビに出ているのを見ても、ねたみも悔しさもなく、懐かしさしか感じなかった。

それを何度も、五回や十回できかないくらいに説明しているにもかかわらずテレビにヒューマン・ライフが出ているのを見るたびに嫁は俺にしつこくあたるのだ。

理由はわからないが嫁は俺を〝昔、芸人になる夢を持っていたけど、挫折し、日常を生きているものの、今だに過去を引きずる可哀想な人間〟として総括したがっていた。

「この人らはテレビに出てチヤホヤされて好きな仕事してて、同い年のあんたとはずいぶん差がついたもんやなぁ〜。悲しくならへん？　あんたってば、今までなにしてきたんやろなぁ?」

あまり性交させてくれない嫁と暮らしてるよ！　と叫んでみたくなったが、なんとか飲み込んだ。こういうときの嫁の質問は無視するにかぎる。

「あんたってばイタいとこつかれるとすぐ黙るよな〜。ちゃんと心ひらいてみ〜、スッキリするはずやから」

そもそも芸人には芸人なりに、常人が想像もできない悩みやプレッシャーもあるだろうから、羨ましいとか差をつけられたとも思わないのだ。

嫁のことは無視し、俺はパソコンを起動させる。

俺は会社勤め以外に副業もやっている。中古ＣＤなどを販売しているのだ。

俺の家には聴かないＣＤが大量に眠っていた。処分しようにも中古ショップで安く買い取られるのがしゃくなので、ネット上のオークションにかけてみた。結果として、満足のいく価格で売ることができた。

売るべきＣＤがなくなってからは、中古で仕入れるようになった。邦楽にくわしい俺は、どのミュージシャンがコアな人気を誇っていたかがわかる。最初はこづかい稼ぎのレベルだったが、除々に利益は増えていった。今ではちょっとした自営業だ。

誰でもできそうに思えるが、この商売を実際するにはある程度の目利きが必要だ。

まず、商品を仕入れるときは相場の中古価格で買ってはならない。基本的にはワゴンセールを狙う。ワゴンにはだいたい十年以上前の古いCDが多いが、掘り出し物はその中に眠っている。たとえばシングルCDは五十円くらいで買える。が、ほとんどのシングル曲はアルバムにおさめられていて大した価値はない。価値があるのはなにかの曲のライブヴァージョンや、アルバムに収録されていない曲がカップリングになっているものだ。それだけでファンにとっては非常に価値がある。

真のマニアはほしいもののためには金に糸目をつけない。好きなミュージシャンの入手していない曲が一曲でも手に入るのなら、千円や二千円くらいは安いものだったりする。かくして五十円のCDが二十倍にも四十倍にも化け、奇跡のようなもうけを生むわけだ。そのためには知識や情報はもちろん、千葉や埼玉など郊外のブックオフ、またはリサイクルショップにまで足をのばすフットワークの軽さが必要だ。

嫁にも手伝ってもらっている。担当はおもに商品の梱包、宛名書き、発送だ。一日にたいした量の商品は動かないが、それでも嫁は少し体を動かした程度で、夜、爆睡してしまう。「バタンキュー」なんて表現があるが、それこそベッドに倒れてすぐに寝てしまうのだ。ビジネス・パートナーとして働いてもらえばもらうほど、新婚らしいふれあいは減っていく。俺はジレンマに陥っていた。

オークションは順調だ。長崎の女子高生が、岩手のサラリーマンが、俺からＣＤを買っていく。日本中、電気の通っているすべての地域が俺の部屋につながっている。なのにこの孤独感。文明は進化しているのか、それとも衰退しているのか……。

突如、嫁が叫び声をあげた。嫁の視線を追うと、キッチンのそばの食器棚にゴキブリがはりついている。親指サイズの大物だ。

それを見て俺も萎縮した。が、誰かがやらねばならない。当然、俺だ。かたわらに置いてあったクーポンつきフリーペーパーを丸め、ゴキブリとの距離を縮める。

「くそう！　動く気配がないな」

「ほら、ビビってんと、はよやっつけて！」

背中から嫁のせかす声。とはいえ、食器棚の前にはテーブルがあり、障害物となっている。テーブルと食器棚のあいだには、大人一人がなんとか通れるくらいのスペースはあるから、そこから手を伸ばせば攻撃は届くが、反撃を受けた場合に身動きが取れない。テーブルを隔て、ゴキブリと対峙する。手を叩いてみたり、丸めたフリーペーパーでテーブルを叩いてみるが、ゴキブリは微動だにしない。ただ触覚を動かしているだけ。

「もう！　貸して！」

業を煮やした嫁は俺の手から武器を奪い、食器棚に投げつけた。一瞬、ガラスが割れたかと思った。棚の中のグラスがシャリシャリと音を立てている。やったか？　今のでやったのか？　ゴキブリの姿が見えない。テーブルから少し離れて覗き込む。と、低空で滑空するゴキブリの姿が見えた。

普段は出さない、かん高い声で叫ぶ嫁。俺も悲鳴こそ出さないものの、鼓動がたかぶっている。

ゴキブリはベランダ側のカーテンに移動していた。フリーペーパーが汚れていないことを確認し、拾いあげる。

「ギ、ギブ……あとはまかせたで」

嫁はとっとと玄関のほうに逃げる。一人は心細いが嫁はどうせあてにはならない。逃げるなら逃げてかまわない。

フリーペーパーを硬くしぼり、摺り足でゴキブリににじり寄る。一歩、二歩……攻撃圏内に入る。平和ボケした日本。だが、ゴキブリと相対する俺は確実にスリルを楽しんでいる。脳内麻薬がどばどば放出されている。

上段にかまえ、斜めに振り下ろす。音を立ててカーテンが揺れる。ゴキブリが落下する。素足の俺は慌ててバックステップする。ゴキブリはカーテン裏に隠れてしまった。

「あかんわ！　フィジカル強いわ！　殺虫剤探して！」

玄関に向かって叫ぶ。

「え〜、わからへんわ〜」

「たぶん、洗面所の下のほうに置いてた思うわ、いそいで！」

なんとも頼りない嫁を目の当たりにし、俺は焦りに駆られた。

そろりとカーテンをめくってみる。いきなり、いた。しゃかしゃかと動いていた。心の準備はしていたものの、間近で見るとグロい。俺はカーテンをしめる。弱々しく笑う。早く寝ていれば、遭遇しなくてすんだのに……。

すんだことを嘆いていてもしかたない。こいつを倒さなければ一日を終えることができない。勇気を出し、ふたたびカーテンに手をかけた。そのとき、部屋の異臭に気がついた。振り返ると凄い勢いで白煙が吹き上がっている。相談もなしに無茶をしやがる。俺は急いで玄関に走る。嫁のサンダルはない。

外に出ると、ドアから距離をおいて嫁が立っていた。

「ひとこと、なんか言えや〜」

「ん、どんなリアクションすんかなと思って」

嫁は申し訳なさそうに笑う。

「あ、あんた、鍵持ってきた？」

「だから、そういうことは先に言い～や！」

舌打ちをして、家の中に戻る。目がかゆい。ちょっとだけ消防隊員の気分。そういえばパソコンなどの精密機器は煙に弱いはず。いそいでパソコンやプリンターにバスタオルをかぶせる。そして財布と鍵をとって外に飛び出した。


暗い住宅街を嫁と歩く。情けなさそうに、わざとサンダルを引きずりながら。

「相談無しにバルサンたくなや……」

「だってスプレーなかってんもん。あの一匹だけやないかもしらんし、どうせなら一族根絶やしにしたほうが……なぁ？」

「一時間以上も部屋に帰れへんやんけ……」

最低でも部屋に戻るのは二時過ぎになる。

「どうするよ、これから？」

「ファミレス」

「ファミレスしかないわな、財布とっといてよかったわ」

国道に出る。この国道は環七と呼ばれていて、けっこう有名らしい。東京に出てきて半年。都内にはヤンキーが少ないイメージがあったのだが、俺の住んでる町では夜中とはいえ、上下ジャージ姿の若者が目につく。二十三区とはいえ、千葉に近いからだろうか。俺と嫁も着の身着のまま、上下スウェットの部屋着で出てきてしまったから、傍目には元ヤン夫婦のように見えてしまうのかもしれない。

「あんた、ゴキブリもさっさと殺せないんやね」

「ちゃうねん、余裕やったからな、実は。猫がネズミをいたぶるようにバトルを楽しんでたに決まってるやん？」

事実、余裕ではないが、楽しんではいたのだろう。日常ではゾンビに襲われることも、熊に襲われることもない。ゴキブリと向きあっているその瞬間、軽く日常を脱却していたのは確かだ。

そしてピンチを乗り越えた男女は結びつく。ハリウッド映画の常套パターンだ。俺は嫁の手を取る。嫁は拒まなかった。俺、三十三才。嫁、二十八才。少し年甲斐もなく恥ずかしい気もしたが、そんな俺たちのことなんて誰も見ていなかった。

3

終電を逃した大学生風の男三人組。やることのない十代の集団。机の上にノートを広げ、たぶん漫才のネタを作っている男二人組。深夜のファミレスは客もまばら。俺と嫁は窓際の喫煙席に座り、ドリンクバーとピザを注文する。

空のグラスを持ち、俺はメロンソーダとカルピスを七対三の割合で混ぜる。テーブルに戻り嫁に一口飲ませると「クリームソーダみたい」とつぶやいた。

ふと、隣の席から気になる話題が聞こえてきた。

「なぁ、知ってる？　グーグルでラスボスって検索するとさ、小林幸子の画像が出てくるらしいぜ！」

「たしかにあれ、画面からはみだしそうだもんね」

「ってかさ、衣装でかすぎ。あのでかさはラスボスだよな。ヒットポイント1万越えてるよね、絶対」

嫁がため息をつく。

「はぁ〜、いつになっても慣れへんわ〜」

「なに？　小林幸子の衣装？」

「そやないやろ〜。東京弁。語尾に〝じゃん〟とか〝さ〟とかイラつくわ〜」

東京にきて半年、嫁はぜんぜん東京になじんでくれない。そのことには少し罪悪感があった。

上京と結婚は同時だった。きっかけは転勤。京都の支社がなくなるので、俺は東京の本社に転勤を命じられた。断る理由はなかった。新しい仕事を探す意欲もとてもなかった。ただ一つ嫁（当時はまだ彼女）のことだけが気にかかった。

つきあってもう五年、そろそろ結婚適齢期だ。プロポーズの言葉は「毎朝、美味しい味噌汁を作ってくれ」でも「同じ墓に入ろう」でもなく「東京に転勤することになってんけど、君も一緒に来てくれへん？」とあっさりしたものだった。

かつて相方の宮本にぶつけられたようなフレーズを今度はそっくりそのまま自分が彼女にぶつけることになった。

「東京か……遠いな」うつむきがちに答えたので、これは駄目だと思った。が、三秒後に彼女は「まぁ、住むところよりも、新しい名字に慣れるんかが気になるけどな。かまへんよ」と言い、結婚も確定したわけである。

しかし、嫁を故郷から離してしまってよかったものかと思う。渋谷、新宿、秋葉原など個性的な街がたくさんある東京だというのに、嫁はあまり外に出たがらないのだ。特に一人では絶対に遠出しない。嫁の行動範囲は、せいぜい自転車で十分以内の近所のみだ。一日中、家にいるのは精神衛生上よくないし、友達もできない。「アルバイトでもしてみたら？」と薦めてみたこともあるが、あまり乗り気にはならなかった。

そういえば、結婚する前に金曜ロードショーで『ショーシャンクの空に』を見たとき、嫁の反応が印象的だった。

　映画の舞台は刑務所。図書係のじいさんは本に囲まれ幸せそうにしていたが、仮釈放が決まり、ひどく取り乱す。なにしろ五十年もムショ暮らしをしていたものだから外の世界が怖くてしかたないのだ。住むところとスーパーの仕事を用意されるが、仕事もおぼつかず店長にも嫌われている。公園で鳥に餌をやるようになり、最後は絶望して首を吊ってしまう。メインストーリーではなく、映画中盤、脇役によるサブプロットなのだが、嫁はそこで号泣していた。誇張ではなく「うおーん！　うおーん！」とクールな嫁が叫んでいるのを聞いて、軽く引いた。嫁は仕事でつらい思いをしたことがあるのだろう。マイペースな嫁がテキパキとロボットみたいに働く姿は想像したくない。仕事でしょんぼりした嫁を見るくらいなら内弁慶でいてくれていい。

　そして今ではオークションの手伝いまでさせてしまっている。外に出る機会はますます減った。外に出ないということは、浮気の可能性も低くなり安心だが、短大時代の友人としょっちゅう長電話をしている嫁を見るたびに、俺は嫁の未来や可能性を奪い取ってしまった気がしてならない。もっともそんなものは最初から存在しないのかもしれない。

　嫁はストローの袋をくしゃくしゃにしては、ストローで息を吹き込みまっすぐに伸ばしたりをくりかえしている。特に退屈しているわけではない。嫁はその手の反復作業が好きなのだ。

前に体調不良で会社を早退したとき、CDを包む梱包材を、嫁が一心不乱にプチプチと鳴らしているのを見たことがある。俺に見られているのに気づいたときのコケティッシュな表情は魅力的だった。

長年にわたるつきあいのおかげで、沈黙はまったく苦にならないのだが、コミュニケーションが減った気もする。つきあいが長くなるほどたがいのことを熟知し、知りたいこともなくなっていく。日々のできごとを語るにも、会社と自宅の往復ばかりでは語るに値しない。ストローの袋をいじる嫁。窓の外をながめる夫。これじゃせっかくの真夜中のファミレスが、非日常がもったいない。なにか夫婦らしいやりとり、夫婦らしい会話を……。ろくに話題を選びもしないまま、俺の口は動き出していた。

「なんかさ〜、ファミレスに来るたび思い出す話があんねんけどや〜、聞いてくれる？　聞く？　あれは俺にとって名誉なことか不名誉なことか、いまだに釈然としないのやけどな……。

大学時代な、カテゴライズするところの〝いいひと〟がおってん。同じサークルの中にな。適当に体動かすサークルに入ってたわ。まぁ、女も何人かおったかな。で、その〝いいひと〟の度合いを説明するとやな、二十一才にして友人の結婚式に五回以上呼ばれとんねん。俺なんか三十三才になった今でも結婚式に一回しか呼ばれとらんで。それはその〝いいひと〟のまわりに早婚のヤンキーが多かったとかでなく、親しい知り合いが物凄くいたってことやと思うねん。知り合いが凄く多いから、その中で結婚するやつもチラホラ出てくるわけやな。んで結婚式に呼ばれるってことはそこそこの親しさやねん。ほやから広く浅いってつきあいではなく、広くてほどほどに深いつきあいやってたんろな。

まぁ、なんにしろたしかに〝いいひと〟やったわ。ただまわりに利用されとんのかなって思うときもあったのよ。当番でまわしてた部室の掃除を頼まれたりとか、めんどくさいことも頼まれたりするわけやねん。でも〝いいひと〟は〝いいひと〟やから断ることができへん。ついつい笑って引き受けてまいよんねん。

まぁ、君はそういう人、嫌いかもしれんな。ただな、集団の中では重宝されんねん。バーベキューとかでやたらてきぱきと準備するタイプ、んで肉はあまり食べへん人な。ほんまいつもニコニコしてて、冗談言うてて、まぁ冗談自体はあんま面白くなかってんけどな。人柄はにじみ出てたわ。で、この人、怒ったりすんのかなってくらいに怒ったところをまったく見たことがなかったわけよ。ただな、一回だけ凄い剣幕で怒鳴ったことがあってん。

あの〝いいひと〟が人を殺しかねへん勢いで胸倉をつかんでなぁ……。

で、そんとき、胸倉をつかまれてたのが実は俺やねん。

いや、別に激しく侮辱したとかそんなやないよ。少なくとも俺にはそんなつもりはなかってんけどな。

ま、ええわ。ことの起こりはサークルの連中十人くらいとファミレスで飯食うてたときよ。そんとき、たまたま隣に座ったのが〝いいひと〟でな。実はふだん、あまりしゃべったことがなかったのよ。だからな、いい機会やからいろいろ聞いてみよ思ってな。一番、気になってたことを聞いてみてん。いや、たいしたことやないねん。たいしたこと聞いたつもりはなかってん。俺はただ〝なんかな～、普段から、いい人やいい人やってまわりから言われてるわけやん？　そんな生き方っておもろいけ？〟って聞いただけやねん。

そしたらやで、次の瞬間に〝なんやとこら～！〟って胸倉つかまれてん。

信じがたいやろ？　ぜんぜん怒ったことのない人が、そんな生き方おもろいけ？　の一言でぶちきれてんで。いや、別に全然あざける感じで聞いたんちゃうねん！　〝この部屋、冷房きつくない？〟〝このケーキ、ちょっとカスタードがくどくない？〟くらいのニュアンスで聞いたんやって。ただ、純粋な好奇心がぽろりと漏れただけや。あ、そうそう、小さな子供がホームレスを見て母親に〝あのオジちゃん、なんでお外で寝ているの？〟と聞いたりするような、それに近い残酷な無知やったんやろな。

とにかく、まわりはドン引きやで。ふだん怒ったことのない人が怒鳴ったわけやしな、しかもファミレスで。十秒くらい胸倉つかまれたままフリーズしてて、やっとまわりのやつらは状況を理解してな。それからとめに入ったわけ。すっかり興奮してた〝いいひと〟はなかなかつかんだ手を離してくれんでな。サークルのやつの〝こんなやつ殴ってもしゃあないって!〟の言葉でやっと手を離してくれたわ。ちなみに俺のシャツのボタン、二個もとれてたわ。

こんなやつ呼ばわりされて少し悔しくはあったけど、当時の俺は〝アンチいいひと〟つまり嫌われキャラで、たとえばフットサルをやる前に、みんなが準備体操してるときに、あえてベンチにどか〜ってふんぞり返ってて、体操が半分くらい終わったあたりで後輩が〝一緒に体操やりましょうよ〟って気を利かせて声をかけてくれてから、やっと〝え〜、しゃあないな〜〟と重い腰をあげてみたり、それとか部室に入った瞬間、男女間のもつれが原因で部室内がぎくしゃくしてることを察知して〝どしたん?　どしたん?　なんか暗いやんけ?　お前ら、どしたん?　なんかあったん?〟とジャック・ニコルソンばりの満面の笑みで当事者たちの肩や背中を頼まれてもないのにもんでまわったりとかしてな。一部、俺のファンもいたみたいやけど、やはり集団の中では和を乱す悪者やったみたいやわ。

それで、やっと胸倉から手を放した〝いいひと〟に俺が投げかけたセリフは〝あやまってもらおか？　出るとこ出てもかまへんねんで〟やった。より混乱を大きくする可能性があるのに、憎まれっ子がしみついている俺には自然とこんなセリフしか出んかったのや。テレとかもあるし、よけいにな。

〝すまんな……〟

彼は俺の目も見ないでそう呟いた。

〝わ・し・の・勝・ち・や・な〟

冗談ぽいイントネーションで〝いいひと〟の肩をばしばしと叩いてみるものの、その場の雰囲気は冗談っぽくはならんかった。

それから二ヶ月ほど経ってから〝いいひと〟はサークルに顔を出さへんようになったわ。就職活動にはまだ早い時期やったしな。あそこまでキレたことでいづらくなったのか、まわりが彼を見る目がぎこちなくなったのか、〝いいひと〟としてまかり通ってた時期がそもそも不自然やってんろな。

ただ、彼がサークルに来なくなるちょっと前にな〝いいひと〟のほうから声をかけてきて〝もう、ここに来ないようになるかもしらん〟って俺にだけ打ち明けたのよ。俺のほうはあんまし彼に興味なかったから〝あ、そーなん〟で会話を打ち切ってもーてんけどな。

悩み聞くのめんどくさいし。ただ、あれだけサークルの人間がいて、彼のことを〝いいひと〟というレッテルを貼らずに見ていたのが俺だけやと思うとな、もっとも彼のことを理解していたのは彼からもっとも遠かった存在の俺やったんやないかな？　って思うねんけど、どうやろうな？」

話を終え、満足している俺とは対照的に、嫁はイライラと後頭部をかきむしった。

「……いたわ」と嫁。

「えっ？」

「前にも聞いたわ、それ」

「え、そやっけ？」

「しかもそれ、前に聞いたときとバージョン変わっててんで、うち以外の人にも話してるやろ、それ！」

「いや、まぁ、何人かは……」

「女ちゃうやろな？　それ女ちゃうやろな？」

「お、男やって」

「だいたいその話ってなんなんさ～、あんたが〝いいひと〟の人生を台無しにしたわけやろ？　なんでその話を自慢げに語るのよ～」

俺が〝いいひと〟の人生を台無しにした？　たしかに彼が〝いいひと〟であり続けられないキッカケを与えたのは俺かもしれない。だが……

「なぁ、俺ってそんな〝いいひと〟に対して悪いことしたか？」

嫁は首をななめにかたむけた。

「でも〝いいひと〟のおかげであっというまに一時間経ったね。そろそろ部屋に戻れるわ、いこ！」

大学時代は友人たちと無駄話に華をさかせた深夜のファミレス。そんなファミレスの空気が名残惜しくはあったが、俺は残ったメロンソーダカルピスを一気に喉に流し込んだ。誤って、小さな氷を飲んでしまい、少しむせた。

4

部屋への帰り道、なぜか嫁はしおらしかった。真夜中という非日常の力学がはたらいたのだろう。

「近道していこうぜ」

街灯に羽虫の集う住宅街。いつもと違うルートで帰る。ほんの少し日常とはずれた行動をとるだけで世界は驚きに満ちている。

とある大きな家の前を通ったとき、急に犬が俺たちに吠え立てた。犬というより狼に近い容貌の大型犬で、檻をへだてて安全は確保されていたものの、犬の鼻先から俺たちは五十センチも離れておらず、嫁はおおいにうろたえて珍しく俺の腕にしがみついた。

「あぁ〜、なんやのあの犬〜。犬ってほんま自意識過剰で腹立つわ〜。あんた、平気やった？」

「犬に腹立ててもしゃあないって。権力の犬とか、負け犬とか、あわれなイメージがしみついてる生き物やからな。しょせん犬！　犬！」

と余裕をよそおってみるが、実際は心臓の鼓動が激しくなっていた。

嫁はなかなか腕を放さない。

「そんなに怖かったん？」

「だってさ、犬ってキバついてんねんで。ある意味、人間凶器やん」

「人間凶器ではないよな、犬やから。言いたいことは伝わるけど」

嫁はさっきよりも俺に体をよせている。いい感じ。異性と親密になりたければ、吊り橋やジェットコースター、観覧車に乗るのが効果的だと聞いたことがある。身の危険を感じたときの「怖い」というドキドキ感が、恋のドキドキと混同されてしまうそうだ。なるほど、ハリウッドのアクション映画でも危機を乗り越えた男女はたいてい最後にくっついているから、異性と手早く仲良くなるには怖い思いをするのがいいのだろう。

俺はほのかに期待を抱いた。このまま家に帰れば、嫁と二十六日ぶりに性交できるかもしれない。

嫁のからめた腕をいったん外し、手をつないで歩く。嫁とがっちり握りあわせた拳をズボンのポケットにつっこむ。そこには性交への期待で硬く勃起した陰茎。ポケットの奥へと深く手をつっこみ、俺の思いを嫁にも悟らせるのだ。

「あんた、アホやろ？　アホ」

嫁はおおむね、好意的な反応を示してくれた。

「さっきのゴキブリ、もういーひんかな？　しかばね探してーや。安心して寝れへんわ」

「もうおらへんって。すばしっこいし打たれ強いし、玄関から逃げてるって！」

どこかの部屋で死んでる可能性はおおいにあるのだが、今は夜中の二時過ぎ。草木も眠る丑三つどき。わざわざ探し出して、不快な気持ちになることはない。

「それにしても凄いにおい」

「まるで殺虫剤やな、こりゃ」

家中の窓という窓を開け、すべての換気扇をまわす。すぐに鼻が慣れてきて、たいして気にならなくなった。

「さ、早く寝よーぜ」

俺は嫁の肩を抱いて寝室に行こうとする。

「え？　もう寝るん？　まだ部屋のにおいとか気になるやん？」

嫁は眉をひそめる。だが、今夜の俺はひとすじなわではいかない。

「正確には寝たいというのは比喩やねんな。俺は今、君と性交したいねん。君のことを抱きしめたいねん」

見よ。男らしい率直でストレートな告白。

「お前と裸で重なりあいたいねんな、今の気分」

二人称を〝君〟から〝お前〟へと変更し、男らしさもさらにアップ。

「……ええよ」

嫁はよろけて、布団に倒れ込んだ。

俺は嫁にキスをする。嫁は俺の後頭部に両手をまわしてきて、えらく情熱的だ。

「電気、どーする？」

「恥ずかしいやん、全部消して。で、カーテンだけ開けといて」

これはいける。これはいける。二十六日ぶりにこれはいける。

結婚をしてしまえば、いつでも好きな夜に性交ができるものだと思っていた。だが、そこは人と人。気分がのらないこともある。うちの嫁はしょっちゅう気分がのらない。また、食欲や睡眠欲と違い、性欲は人によって大きな差がある。食事や睡眠はとらないと死ぬが、性交しなくても死ぬことはない。同じ二十代前半の男性でも、週に一度しか自慰をしない者もいれば、食後と寝る前にかかさずする者もいる。それと同様に新婚一年目の性交の頻度も、夫婦によって大きな差があるのだろう。

普段は生意気な嫁も、性交のときは素直に俺に抱かれている。「あん」とか「うん」とか可愛らしい声も出してくれて興奮する。男尊女卑だと非難されてしまいそうだけど、嫁のことを征服、支配できた気分になるのだ。

思うに、性交のときも生意気な女性なんているのだろうか？　「あんたの粗末なチンポぶちこまれても、ぜんぜん気持ちよくなんかないんだからね！」とか言うのか？　エロ漫画じゃあるまいし、疲れるな。

「今、なんか考えごとしてたやろ？」

嫁が俺の耳を舌ですくいあげる。鳥肌が立つ。特に背中から。俺は執拗に嫁の両乳首を吸ったり舐めたりなぞったり撥ねたりしゃくりあげたりする。

嫁の股間に手をのばす。そこは無機物では再現できないようなぬめりをおびている。納豆や水飴を思い出しながら、指を一本ずつ動かしてみる。嫁は俺の手首をつかみ、首を横に振った。嫁の吐息を鼻に感じる。嫁の下着を両脇からつかむと、それを一気に引き下ろす。俺は両膝を嫁の両膝の内側に入れる。

「待って……コンドームは？」

枕の下に事前にしのばせておいたコンドームをとり、袋を破く。そして装着する前に思いつく。先にトイレに行っておこうと。

まるで水と油のように勃起と相性の悪いもの、それは尿意である。

これも人体の不思議だと思う。あろうことか、尿と精液は同じ場所から出てくるのである。ゆえに両者は相容れない。微妙に尿意のある状態で勃起し性交に入ると、精液充填発射準備のときもなんとなく尿が残ってる感じがして、いつか勃起の妨げになりそうで、座りが悪いのだ。

トイレのドアをきちんとしめ、便座にしゃがむ。嫁と一緒に暮らす前はたいていの成人男子と同じように、洋式便器を前にして、起立したまま放尿していた。

が、あるとき習慣は変わった。嫁と暮らして一週間も経たないある日、トイレで勢いよく放尿している音を嫁に聴かれ、とがめられたのだ。まるで密林の虎のように聴覚が発達している嫁は、俺がトイレから出た瞬間につっかかってきた。

「あんた、どんな姿勢でオシッコしたん？」

「どんな姿勢って……普通の姿勢やがな」

嫁はチッと舌打ちすると、ノートとペンを持ってきて、ノートのはしに蓋の開いた洋式便器の図を描いた。

「この紙にオシッコしているあんたを描き入れてみ」

俺は洋式便器から少し離れて立っている人間を描き入れた。

「な、ここにあんたがおるやろ？　そしたらこういうモーションで放尿されるわけやん？」

人物から洋式便器へと放物線が描き入れられる。

「ここまで言えば、小学生でもわかるやんな？」

嫁は俺を睨んだ。

「いや……ちゃんと便器に命中しているわけやし、なにが問題なんやろ？」と答えると、嫁は阿修羅のごとく怒りだした。

「男はほんま大雑把っていうか、目にうつるもんしか信用せーへんなぁ！　ここ！　ここどないなってると思う！」

嫁は放物線と便器の接点をペンでガンガンと叩いた。

「しぶきあげとんねん！　あんたの視力じゃわからんやろけど、しぶいとんねん！　ここ！」

　ペンをグルグルまわし、便器が黒くなる。

「ほら、しぶいやろ！　はねとるやろ！　はねまくっとるやろ！　ここも！　あそこも！ぜーんぶ！」

　しまいには便器だけでなく、立っている人も紙全体をもペンで真っ黒に塗りつぶしてしまった。

「あんたが立ってオシッコすることで、便座カバーもマットもしぶきが飛んで迷惑しとんねん！」

　そして俺は、座って小便することを約束させられたのだ。

　ときおり、バレないだろうと嫁のいないときや寝ているときに、起立したまま放尿しようとも、そのあとに嫁は必ず見抜くのだ。そのしつこさは小姑を思わせる。

　そして起立したまま放尿するのをあきらめた俺は、なんとなく去勢された気分だった。

　俺は便座に腰を降ろした。性交の最中で陶然としているとはいえ、うかつにしぶきをあげると嫁は飛び起きるだろう。

　便座に座って放尿することのなにが難儀かというと、放水口がきちんと下を向くように手で上から押さえなければならないことだ。余分なもののついていない女性にはピンとこないのだろう。だから嫁も平気で「座ってやれ」などと言うのだ。

特に今は勃起しているので陰茎の角度を下に向けるのが難しい。手で無理矢理下に曲げる。根本が折れそうで痛い。亀頭が便器につかないように腰を少し後ろに引く。そして腹筋を使って、ジ、ジ、ジ、と少しずつ放出していく。キレはよくないが、感覚的に出たことはわかったのでよしとする。立ち上がって手を洗ってるうちに、いつしか陰茎は半勃ち状態になっていた。

5

「おそいなぁ〜、半分寝てもうてたわ」

「めんごめんご！　さ、続きやろ！」

即座に挿入したい俺は、自分の指先に唾液をつけ、嫁の股間に手をやる。トイレに行っていたあいだに乾いていて、ふたたび愛撫が必要だ。早く合体したい。気持ちは焦る。基本的に嫁は濡れにくいので、焦って挿入しようとすると怒られる。

多少、湿ってきたので、こんなものかなと思い、俺は両膝をつく。が、ふと陰茎を見るとすっかり萎えていた。

眠いのか、疲労しているのか。あれこれ考えすぎたせいか、手でしごいてみても半勃ちにしかならず硬さがたりない。それでも無理矢理コンドームをつけようとしているあいだにしぼんでしまった。

俺は嫁に起死回生の策を提案してみることにした。

「なぁ、ちょっとお願いがあるんやけど」

「嫌や」

「……まだ一言も発してへんがな」

「だいたい見当はつくけどな、言うてみ」

「ぜひ、フェラチオをしてくれないだろうか？」

「変態や！　こんな近くに変態おった！　触らんといて！　変態がうつる！」

嫁には今まで何度かフェラチオを嘆願し、その都度こっぴどく罵倒されている。

「変態ちゃうわ！　それが変態なんやったら、成人男女の約七割が変態や！」

「七割ってどっから出んのよ、そんな数字。あんなんエロビデオだけの話やろ？」

「ちゃうって！　友達に聞いてもみんなやってもらってるって！」

「そんなん不良気どってるだけやろ？　嘘に決まってるやん」

「嘘やないって、俺かって前つきあってた子はしてくれたもん！」

「前の女の話、全裸のときにせんといてよ！」

「あぁ、ごめん。でもそれぐらいにポピュラーなもんなんやって！　今やタコ焼きにマヨネーズかけるくらいあたり前のことやねん。たぶんゴーヤ食べたことのある人より、フェラチオ経験者のが絶対多いって！」

「たとえ多くても関係ないわ！　なんであんたの汚いものを口に入れなあかんねん！」

「汚いってなんやねん！　可愛いわ！　可愛いっちゅうねん、これ！　どこが汚いねん！　ほら、可愛いやろがこれ！」

俺は嫌がる嫁の手首をつかみ、無理矢理にペニスを握らせる。今、日本全国の寝室で全裸で喧嘩している夫婦は何組くらいいるのだろうか……。

「そもそも、あんた、ついさっきオシッコしたばっかかやん」

「う……」

「うちにそれをくわえろっていうのは、便器舐めろって言うてるようなもんやで」

「そ、そうかな」

「……あきらめた？」

「わかった。俺も男や、ただとは言わん。もしフェラチオしてくれるんやったら、それに見合った報酬を払うから！　どう？」

「なにそれ？　夫婦間で売春みたいになってるやん。最低やな、あんた。で、いくらくらい誠意見せてくれんの？　最低やな、うちも」

「十五分で三千円ではどうやろう？」

「え～、安くない？　それ」

「安ないって！　宮本が言うてたけど池袋のピンサロで四千円くらいのとこあるんやって。で、四千円を夫婦割にして三千円。相場やないか？」

「夫婦割の意味、違うやろ～？　だいたいプロの人以上にうちには重労働やねんから一万円くらいくれんとあかんやろ～」

「高すぎるわ！　それやったらフェラチオいらんわ！」

「じゃあ九千円」

　嫁のほうから積極的に値切ってきた。これはしめたものだ。

「全然高いわ。きりのいいとこで五千円はどう？」

「話にならんわ。八千円！」

「厳しいな～、六千円！」

「男前なとこ見せたって～や、七千円！」

「んんんん、もう一声、六千五百円でどう！」

オークションでCDを売っている夫婦らしいやりとりとも言えた。

かくして俺は嫁のフェラチオを六千五百円で落札した。なんだか釈然としないけども。

「さ、じゃあしてあげるから、さっさとゴムつけて」

「は？　なに言うてんの？　そんなんただのゴム尺じゃねーか！　そんなんに六千五百円も払えるかぁ！」

「ゴム尺？　専門用語使わんといてーや。なに、そんなにゴムあんのとないのでは違うの？」

「違うよ。臨場感とか全然違う。ブラウン管とプラズマテレビくらい違うし、カマボコのやつと本物の蟹くらい違うよ」

「しゃあないな、わかったから洗っておいで」

「え、ほんま？　生尺ええの？」

「専門用語使わんといてよ。ちゃんと石鹸で泡立ててくるんやで、臭かったら吐き出すからな」

俺は全裸でスキップしながら洗面台まで行き、背伸びをして陰茎を洗面台の上に乗せる。

水だけで洗おうとしても冷たい。敏感な亀頭には湯加減が難しい。ほどよく人肌のぬるま湯が出ると、ボディソープで陰毛を泡立て、それを亀頭や陰茎にすりこむ。

世界で一番マヌケな姿をしてるんだろうな、そう思って笑った。

長かった夜も、嫁のフェラチオによってクライマックスをむかえる。ところが寝室に戻った俺が目にしたものは、スースーと気持ちよさそうに寝ている嫁の姿であった。

「おい、起きて！　丁寧に洗えって言うたん君やんけ！　起きて！」

俺は嫁の肩をゆさぶる。が、まさにバタンキューな嫁はびくともしない。

かくして長い夜はクライマックスに突入することもなく、どんでん返しに終わった。

俺はリビングに戻り、自分の机の引き出しの奥から、開封前のカップヌードルのような物体を取り出した。上司にもらったインドネシアから輸入したオナ・ホール。内部を少量のぬるま湯で湿らせる。

寝室に戻った俺は左手で嫁の乳をいじりながら、右手にかまえたオナ・ホールにペニスをつっこみ、ピストン運動させた。

月夜に照らされた嫁の顔は、起きているときの整った表情とは違い、安らかというより口をひらいていてだらしなかった。だけど消えかけた眉毛は生活感があって淫猥だった。

そして射精を終えた俺に強烈な脱力感が襲ってきた。なにも考えず、なにも感じないナチュラルな状態。仏教でいうところの〝悟り〟がこんなだったら嫌だ。俺はただ眠かった。

くりかえされる日常。そんな中で今夜は密度が濃かった。
長時間、尻を出しすぎたせいか、翌朝はくしゃみがとまらなかった。
もちろん有給を消化した。

二章

1

長い夜だった。

枕が変わると眠れない。それなのに俺はビジネスホテルにいた。

むろん出張などではない。外泊せざるをえない事情があったのだ。

すべての始まりはお盆休み。

俺と嫁は関西に帰省していた。といっても嫁と一緒に俺の実家に帰っていたわけではない。俺と嫁はおのおのの実家に帰っていた。嫁と姑の軋轢を感じなくていいのは楽だが、淋しくもある。

三日間の休みを満喫した俺は、仕事が始まる二日前の夜に東京に戻ることにした。

嫁に電話をかけ、一緒に帰るか聞いてみたが「もーちょっと友達と一緒にいたい。飽きるまでここにいる」とつれない返事。少し不安になり「八月中には東京に戻るやろ?」と確認をしてみたが「たぶん半月も実家いたら飽きるんちゃう?」とハッキリしない態度だった。

多少、距離があるくらいのほうが、愛というのは長続きするものだと思いたい。たがいに相手のことを監視、束縛しあうようなカップルにはまるで共感できない。それは愛というより、ただ執着しているだけのように見える。俺と嫁はたがいに干渉しあわない。それが理想的なのかはさておき、独身時代の延長線上のような自由さがあり、気楽ではあった。

そして俺は一人で新幹線に乗った。三時間近く電車内に拘束され退屈かと思ったが、そうでもなかった。俺は携帯ゲーム機の『逆転裁判』というゲームにのめり込んでいた。血気盛んな若手弁護士がやたらと机を叩いて「異議あり！」と叫ぶ姿は爽快だった。今度、嫁に難癖をつけられたら使ってみよう。異議あり！

だが、俺の浮かれ気分はマンションの前についたときにふっとんだ。部屋の鍵が、ポケットにも財布の中にもどこにもないのである。嫁と二人で帰っていれば、どちらかが鍵を持っていただろうに。そんな理由で家族の大切さを再確認させられた。

管理会社に電話をかけても留守。翌朝九時以降にならないと連絡がつかない。

そして俺はやむなく、ビジネスホテルに泊まることになったのだ。

それにしてもなんの飾り気もない一室だ。レトロな和室だったり、お城だったり、海の中をイメージしていたりするラブホテルとは違う無機質さ。ベッド、テーブル、枕、ハンガー、約六畳の部屋に置いてあるすべてのアイテムが無印良品製か？　と問いたくなる。

なんら面白みのない一室だった。好かれようという野心はないが、嫌われるリスクも極力避けている感じがする。

「せっかくの外泊やのに、おもろないわぁ〜、ぼけぇ〜」

と一人ごちた。

嫁と結婚する前は、心の声をもハッキリと口に出していたことを思い出す。そうでもしないと、自分がなにを感じ、なにを考えていたかさえ忘れてしまうのだ。

「テレビ見るのに、プリペイドカードってなんやねん！　病院かっちゅーねん！」

自分の部屋が、嫁との部屋が早くも恋しい。

こんな無難な部屋を無難じゃなくしてやりたい。かといってカーテンを勝手に交換するなんて無理だ。なんとかして部屋に変化をもたらしたい。

そこで思い出したのは悪友宮本の言葉だった。

「自分の部屋に、初対面の女性が一人いるだけで、そこはまるで自分の部屋じゃないように感じるんよね」

ビジネスホテル、嫁の不在、退屈。

この三つの条件が重なることで、俺の脳裏に悪魔的なアイデアが沸き上がってきた。

それはデリバリー・ヘルスを呼ぶことである。

直訳するとデリバリーは宅配、ヘルスは健康。だからといって青汁を届けてくれるわけではない。女の子がホテルまで来てくれて、性的なサービスをしてくれる風俗のことである。

デリヘルを呼んでみたいという願望は半年ほど前からあった。

きっかけは社会人の最も大きな苦難の一つ、朝の通勤ラッシュであった。車通勤をしていた京都在住時代の気楽さとはうってかわって、東京メトロの混雑ぶりは地獄絵図であった。エレベーターであれば制限重量を超えるとブザーが鳴り、最後に乗った人が降りざるを得ない。だが、電車には制限重量がない。つめこめるだけ、つめこめるのだ。

明らかに満員状態のところに駆け込んできた若いサラリーマンが、ドア付近に立っている人にヒップアタックをかますように乗り込もうとしてきたことがあった。すでに満杯だったのでサラリーマンは明らかにドアからはみ出ていて、そこに駅員が走ってきた。無茶な乗車をしようとしたサラリーマンに降りるように注意するのかと思いきや、なんとサラリーマンを強引に電車に押し込んだのである。まるで掛け布団を押し入れにつっこむかのように。

こんなふうに、毎朝、大人たちのハードなおしくらまんじゅうが繰り広げられる。毎朝、俺は押されて泣きそうだった。

だが、人間はたくましい。そんな泣きそうな状況にあっても、ある者は文庫本をひらき、ある者は携帯電話でテレビを見て、ある者は強引に新聞をひらき、またある者はＤＳで遊び、ある者は吊り革広告を読んだりしていた。みんな必死にプライベートスペースを確保しているのだ。

俺はといえば、なにもやることがなかった。前に立つオッサンの背広についたフケを数えたりしていた。

満員電車では通学中の女子高生と密着したりしてドキドキすることもあった。電車以外の場所で、女子高生の髪が俺の鼻をくすぐるなんて状況はまずありえない。けれど冤罪は怖い。女子高生がそばにいたら痴漢と間違われないように、すかさず両手で吊り革を持つことにしていた。

本音を言わせてもらえば俺は女子高生が大好きだ。ＤＮＡに刻まれた本能なのだろう。理性をおさえるのも大変だ。しかも黒髪で清楚な女子高生より、恥ずかしながら茶髪のギャルっぽい女子高生が大好きなのである。

だから俺は、公務員などが援助交際で逮捕されたニュースなどを見て「なに考えてんだろうね」と良識ぶったコメントをする大人を信用しない。そいつら常識人をつかまえて俺は問いたい。「本当はそんなことを言ってるけど、お前も女子高生と不埒なことをしたいんじゃないのか？」と。

もし俺が大物タレントや政治家になったら、声を大にして言いたい。「俺は十八才以下と性交したいと思っている。だけど法律で違法だから援助交際しないだけだ。だが、心の中で思うだけなら自由だ。俺は女子高生と援助交際をしたい！」

そんな主張を大々的にして、顰蹙をかってみたい。中にはそんな俺のことを、あいつは素直な意見を吐く飾らない男だと支持してくれる連中もいるだろう。2ちゃんねるで神として崇められるかもしれない。

そんな妄想に取り憑かれるのも、嫁と充実した性生活をおくっていないからだ。

電車内の女子高生の誘惑を避けるために、俺は〝毒をもって毒を制す〟ことにした。つまりエロでもってエロをおさえこむことにしたのだ。といっても満員電車の中で「投稿キング」や「千人斬り」などを読むのはテロ行為にひとしい。そこで俺は携帯電話でデリヘルのサイトを見ることにした。

たまたまシートに座れたときに、隣のオッさんのスポーツ新聞からデリヘル情報サイトのアドレスを入手し、自宅の近隣地区の優良店「スイートタルト」のホームページを毎朝見るのが趣味になってしまった。

趣味といっては生ぬるいかもしれない。もはや寝る前の歯磨きのような、毎朝の洗顔のような、日課になっていたのだ。

お？　今日はあずさちゃんは休みなんだ？　おぉーっ、かえでちゃんは十日連続で出勤してるじゃないかぁ！　などと店の中の状況をスタッフのように熟知するようになってしまった。

実際に店に行かなくても、見ているだけで幸せな気分だった。もし、自分がお金を払う気さえあれば、いつでもこの女の子たちを抱けるという確信から起因しているのであろう。起こすつもりのない犯罪計画書を眺めて悦に入るような心境に近いのかもしれない。

元来、自分は行動より想像の人である。

異性と出会うのが目的のはずの出会い系サイトでは、援助交際希望の女と値段の交渉をして、値切って値切って焦らした挙げ句に結局ことわるという遊び方をしていたくらいである。

だから俺はホームページを見ているだけで満足だった。

そんな俺が、想像から行動に転じるときがきた。

嫁と同居していては絶対に縁のないデリヘル。鍵を忘れてしまったことも、もしや神の思し召しかもしれない。

災い転じて福となす。そんなことわざもあるくらいだ。今こそ福に転化するときだ。しばらく嫁を抱いていない。あのファミレスの夜がきっかけで、俺は嫁に手を伸ばすのを前以上にためらうようになっていた。だからデリヘルを呼ぶという行為は、俺の裏切りではなく、嫁にも問題があると思う。

かくして俺は携帯電話で、スイートタルトのホームページに接続した。

営業時間は夕方五時～翌朝五時。現在、夜の十一時。今から呼んでも問題はない。料金は八十分で二万円、百二十分で二万八千円、そして延長三十分が一万円。交通費は二十三区及び近郊は無料。キャンセル料は〇円。服を脱ぐ前にかぎるというただし書きがある。裸を見てからキャンセルする失礼な客もいたのだろうか。

通販でのビジネスで懐はうるおっているので料金は気にならない。利用規約を読む。十八才未満、暴力団、薬物使用者、泥酔、性病、入れ墨の方はお断りとあった。もちろん俺はどれにもあてはまらない健全な三十代だ。

禁止事項としては本番行為の交渉、強要、暴力、スカウト行為、変態行為、盗撮などがあった。さらに、ストーカー行為というのも記されていた。濃密な客商売にストーカーはつきものなのだろう。

少し緊張しながら電話をかけた。俺はギャル系小悪魔のみずほちゃんを指名する。が、彼女はすでに指名をされたあとらしく「最低でもあと二時間は待つことになりますが予約なさいますか？」と聞かれた。

最低でも来るのは午前一時。待っているあいだに我慢できず、自分で処理してしまいそうだ。

「あ〜、う〜、ちょっと考えさせてください」

いったん電話を置く。なんだかひどく出鼻をくじかれた気分。だが、このまま眠ってしまうのはあまりにも物足りない。

女の子はみずほちゃん以外にもいる。おっとり女子大生のいつきちゃんや、ロリ巨乳のみるくちゃんがいたではないか。あの苦しい満員電車を彼女たちの笑顔で乗り切ったことを思い出すんだ。

再び電話をかけなおすものの、彼女たちも不在だった。おそらくデリヘル業界では夜十一時からゴールデンタイムなのだ。俺の運が悪いわけではない。

目星をつけていた子たちは、あらかた指名されている。俺は完全に出遅れてしまった。

他の子を指名するのは少々リスクがある。なぜならサイトの写真で彼女たちはスタイルはわかるものの、手で顔を隠しているのだ。自分の顔に自信がなくて隠しているのか、家族や友人にバレるのを恐れて隠しているのか。前者と後者では意味合いがまるで違う。だが、これもギャンブルだと思ってスリルを楽しむのもいいかもしれない。

俺はろくに選びもせずに、二十四才ちょいムチ系のナウシカちゃんを指名した。なんとなく名前が面白かったというだけで。

電話を切って十分後。

インターホンが鳴った。

ドアを開けた俺は愕然とした。

胸元のはだけた黒のキャミソールワンピース。ここまでは気持ちいい。が、女はアニマル浜口に激似だったのだ。京子似ならまだしも、アニマルのほうである。顔を隠していた理由は前者であった。

ためらいはなかった。俺はチェンジと叫ぼうとした。が、それより先に女が動いた。女は肩ひもを外した。ワンピースが地面に落ちる。女はすでにノーブラでパンツしか履いていなかった。

唖然とする俺は規約の一条を思い出した。

キャンセル料は○円（服を脱ぐ前に限る）

俺は部屋に女を招き入れた。誰だってそうするしかない。

2

画ちゃんねるという画像つき掲示板に〝天は二物をあたえず〟というスレッドがある。このスレッドの趣旨は、体は極上だけども顔はいまいち、もしくは顔は美人だけど体は貧弱な画像でまとまっていた。俺と一緒にシャワーを浴びているナウシカちゃんもまた、絶妙なムッチリ感のゴージャスボディの持ち主だった。

「せっかくだから、今のうちにお湯はっておいて、あとで一緒に入る？」

とナウシカちゃんが聞いてきた。いや、アニマル浜口が聞いてきた。

「それはあれかい？　オプション料金はとられへんのかい？」

「とられないよ～、あとで一緒に入ろうよ～」

俺は考えてみた。せっかくのゴージャスボディもお湯の下では歪んでよく見えない。そしてお湯の上にはロングヘアーのアニマル浜口の顔が浮かんでいるのだ。それはとても時間の浪費な気がして「すぐにのぼせる人やからな、俺。いつもシャワーだけやねん」と傷つけないように却下した。

シャワーから出た俺と女は念入りに体を拭き、ベッドに横たわった。

「明るいと緊張して駄目やねん。電気消してええ？」と俺。

部屋を暗くして、アニマルを無効化してやる。

暗闇の中で抱いてしまえば、美人だろうがアニマルだろうが大差はない気がした。若い女の肌の張り、ぬくもり、におい……。

ほのかな月明かり、少し顔が見えてしまうので俺は目を閉じ、彼女の動きに身をまかせた。まるでマニュアル通りのようなスムーズな手順でプレイは流れた。

キスから始まり、耳、首筋、乳首、ヘソとだんだん下へといき、嫁だったらお金を払っても、土下座してもやってくれないフェラチオまでしてくれる。ふだん腰からぶらんぶらんと振り回しているペニスに、いつも振り回されている。俺の身長は一六五センチ。勃起時のペニスは十三センチ。身長の一割にも満たない体のごく一部に、なぜ執着しているのだろう。ペニスの快楽を欲してばかりいる。

英雄色を好むという言葉がある。英雄は女好きということであるが、権力を持っているからハーレムを作るのではなく、ハーレムを作りたいがゆえに英雄になったのならどうだろう？　英雄たちの色欲は半端ではないような気がする。

「ごめん、ちょいとお尻をこちらに向けてくれないだろうか？」

俺は女に69を要求する。男女がたがいの性器を舐めあうなんて、なんの情緒もない。けど顔を見なくてすむので行為に没頭できる。目を閉じた。嫁としている想像をする。

「あ、やば。出そ、もう出そ」

「いいよ、我慢しないで、いっぱい出して」

そして口内発射。こんなことを嫁にしたならば即離婚ものである。嫁が言うには「口に出す意味が、必要性が……見あたらない！」とのこと。だけど意味だの必要性の話をすれば、生殖目的以外の性行為自体がまったく意味のないものだろう？

射精後は心地のいい虚脱。根拠はないけれど、英単語がすらすらと暗記できそうな感じ。そんな超越感もつかのま、水が高いところから低いところに流れるように性欲がサーッと引いていく。あとには冷静な自我だけが残った。そして目の前には見知らぬ女性の性器。

「ごめん、ちょっとどいてくれへんかな？」

女は体を反転させ、俺の隣に寄り添う。性欲が空になった今、なんだかバツが悪い。

「あのさぁ、一つ聞いてええかな？」と俺。

「なんですか？」

「なんでこんな仕事してんのん？」

まるで〝実家はどこなん？〟と聞く感覚で口にしてしまった。すぐに後悔した。アホなのか俺は？　〝いいひと〟を怒らせたことを全然教訓にしていないのか？

「あ、えと……職業選択の自由あははんって歌が昔流行ったよね。だから気にせんといて。なに言うてんのやろね、俺。風俗嬢なんてキリストの時代からあった最も古い職業の一つやのにね」

そんな仕事のおかげで気持ちよくなれたのに、恩知らずな発言をしてしまった。

「……最初はみんなガッカリするのが伝わっちゃうんだ。だけど最後には気持ちよさそうにしてくれるのが伝わるんです。だからこの仕事、嫌いじゃないんです」

女は俺の耳元で囁いた。吐息が生あたたかかった。

「それにお金を貯めて、したいこともあるし」

「やりたいことって？　ヨットで世界一周とか？」

「……私、こんなじゃないですか？　だから整形したら、もっとお客さんも喜んでくれるかな～と思って」

それに対しては即座に否定も肯定もできなかった。黙っていてもなんとなく気まずいので
「そ、そのままでもえーんちゃうの？　別に……」と中途半端な意見を言ってしまった。

「なにが？」

少し敵意を含んだイントネーションの「なにが?」だったので俺はたじろいだ。そしてなにも言えなくなってしまった。結果的には女のクリトリスよりも敏感な部分に触れてしまったのだ。

残り時間はまだ一時間以上あったが「俺、もうすっからかん」と笑って、アニマルには帰ってもらうことにした。「君のおかげで今夜はぐっすり眠れるわ」などと花を添えてみたが、それが俺の真意でないことはバレていたのかもしれない。

言葉を口にしなければ、肌を重ねるだけなら、問題はなかったのに。少ししゃべっただけでコミュニケーションの歪みがうまれる。俺の口は呪われているのか? 少し死にたくなってしまった。だが、激しい自責の念には、ほんの少しのナルシシズムが混じっていた。

ふと、以前に聞いた宮本の言葉を思い出した。彼は心の垢を洗い落としたいとき、安い風俗に行くらしい。

「池袋にな、安いピンサロがあんねん。三十分四千円のところ。しかも夕方五時前に入ると三千円で、前半に一人、後半に一人と回転するねん。で、その店は地下にあってな。小さなビルでエレベーターがないから階段で一歩ずつ陽の光から遠ざかっていくわけや。それも一人しか通れへんようなせまい階段でな、さしずめダンジョンにもぐっていく気分やねん。

で、そこの店は指名をしないと、あんまし可愛くない子がくるのよ。値段も値段やん？　最後に行ったときは、のっけからデブが来たね。ポッチャリではなく、百人中百人が認めるデブね。年は三十前後ってとこかな、そして少し東北訛りが残っているのよ。それがまた悲しい響きでな……。

そんな女性が一生懸命にしゃぶってくれんのよ。女の広い背中が上下するのを見て、俺は思うねん。お前、こんなところでなにをしてるんだよ～、さっさと田舎に帰って幸せになれよ～。テレパシーを飛ばすけど、エスパーではないので当然届かへん。女にはきっと田舎に帰れないのっぴきならない事情があるねん。

ほんで、どんくさいルックスでも流石はプロ。俺は口だけでイカされてまうねん。これがまた魔術師のような鮮やかさでもって。

で、その女性が立ち去ると、また別の女性がやってくる。と思いきや、さっきと同じ女性が戻ってきてん。あれ？　どゆこと？　でもよくよく見るとデブというだけで顔は違うねん。一人目とはまた別のデブやねん。あれには驚愕した。いくら安いといっても気を使えよ、スタッフ！　だって駅からその店に行くまでの道でお目にかかっていないレベルのデブが二連続やで？

でも、ペニスをくわえられてるねん。よほど可愛い子ならともかく、休憩無しで立て続けは無理かな？　と思っていても、巧みの技で搾り出されるねん。たった三十分でこれだけ出ました……って、さながらアカスリやで。

そして三千円を支払い、自分の足で一歩ずつ階段を上っていく。

あぁ、俺は好きな女の子が悩んでいるというのに、優しい言葉をかけてやれずに冷たく突き放してしまった。だというのにこんな店でなにをしているのだろう？　もし、好きな子がさっきの俺を見たらどう思うだろうか？　軽蔑する？　嫉妬する？　それとも爆笑するだろうか？　なにを二回も口内発射してるんだ？　そんなことを考えていると死にたくなるんだよ。経験はないけれども、リストカットのヒリヒリ感もこれに近い快楽やないかな？

そしてプレイはクライマックス。階段を上って地上に出ると、そこにはちょうど夕陽が差し込んでくるねん。パチンコ屋、焼き鳥屋、無造作にとめられた自転車の数々、ティッシュを配る女の子、雑多な街並を赤く染め、一つ一つの建物にも血が通っていることを思い起こさせるわけよ。不条理で醜くも愛おしい世界に自分が立っている奇跡を痛感させられるねん。

俺は夕陽で赤く染まり、涙を流しながら実家に電話をする。そこでたった一言。かあさん、俺を生んでくれてありがとう、とだけ伝えて電話を切る。

さ、これでようやくコースが終了するねん。

……だからな、俺が言いたいのはな、風俗ではハズレの女の子のほうがいいということよ。アイドル並に可愛い女やと、あー気持ちよかったと脳味噌空っぽにして終わりやろ？こんな崇高な気持ちになれんやろ？」

そんなことを宮本は得意げに語っていたが……。

共感できるか、ボケぇ！

確かに言いたいことはわからんでもない。ただ俺はそんなまわりくどい手順の恍惚より、もっと直球の快楽がほしい。容姿のいい女性と性交したいという原始的な欲求だけが渦巻いてきている。

完全に眠気は覚めた。まだちょうど日付が変わったところだ。

夜はまだまだこれからだ。

俺はビジネスホテルを出て、街を徘徊することにした。水も食料も確保された都市。だけどちょっとした冒険の始まりだ。

3

二十分後、俺は駅前のテレクラ「るんるんハウス」に入っていた。繁華街を無目的に歩いていても、若者の集団が大声で笑っていたり、うさんくさい呼び込みのおっさんに声をかけられたり、外国人の女に腕をからみとられ店の中に引きずりこまれそうになったりとおっかない。昼間とは街の表情がまるで違う。一人だということでなめられているのだろうか？　まさしく自分が望んだワクワクハラハラの冒険なのに、ワクワクはしない。ただハラハラしている。

かくして俺はテレクラに避難することにした。テレクラでなら俺と同じく孤独な女性と電話がつながるかもしれない。

料金は六十分、二千百円。値段は思ったより高くない。しゃべり方が妙に卑屈なフロントの男に質問をする。

「あの、これって電話を素早く取らないと女と話できないんですか？」

「今はだいたいどこの店でも公平につないでますから大丈夫ですよ」

平均的に電話がかかってくるというところでサクラの存在を暗示しているが、そのときの俺はたとえサクラでもかまわなかった。女であるならば、日常から脱却させてくれるのならかまわない。

二畳程度のスペースに、机、テレビ、ＤＶＤ、電話、リクライニングチェアー、ゴミ箱、スリッパ、ティッシュが置かれたシンプルな部屋に通された。フロントで借りてきた女子高生もののＤＶＤをデッキに入れ、リクライニングチェアーを倒した。

ヘッドホンを着け、俺はエロＤＶＤを見始めた。インタビューがやけに長い。なかなか制服を脱ぎそうにないので早送りをしてブラを外したところから見てみる。ゆっくり見ている時間はない。

机の上の箱ティッシュがとても意味深に思えてくる。幾多の先人たちも女からの電話を待ちきれずに自慰をしてしまったのだろうか？　こんなところで自慰だけして、女に会えなければ時間と金の無駄だ。そう思いつつも、少しこするだけ、少しこするだけならとベルトをゆるめる俺。ズボンをヒザまで下ろし、スタンバイＯＫ！　幸か不幸か、天井にカメラでも仕掛けられているのか、まさしくそのタイミングで電話が鳴った。入店十分後のできごとだった。

「あ、もしもし～」

俺は急いでヘッドホンを外し、電話に出る。外したヘッドホンからかすかにAV女優のあえぎ声が聴こえる。すかさずテレビを切る。電話からはまだ応答はない。

「もすもす～、もせもせ～、もそもそ～」

あまりにも電話の相手からの反応がないので、わざと崩してみた。が、あいかわらず返事はない。なんだ故障かと電話を切ろうとしたとき、女は初めてしゃべった。

「驚いた～、本当につながるんだね～、なんか新鮮～」

少し鼻にかかった声だった。

「お、おす～。知らん人間とつながったわ～」

俺も軽く驚いてみる。女はケタケタと笑っている。女というのは不必要なところでいつも過剰に笑っている気がする。

「初めましてやね～、とりあえず自己紹介しよっか、名前なんて言うん？」

「チセリだよ」

「チセリ？　それって本名？」

「二人だけでしゃべってんだから名前なんて意味ないじゃん？　まだなにも知る必要ないのに本名教えるのもちょっとねぇ……。んで、おにーさんは名前なんて言うの？」

「ショーン・マイケルズ」

「絶対に本名じゃないよね、ま、呼びにくいからとりあえず、おにーさんでいいよね？」

「なんでおにーさんってわかるん？　もしかしたら俺のが年下かもしれんやん？」

「わかるよ～、だってあたし若いもん。たいていの人は年上になるよ。いくつか当ててみてよ」

「じゃ、十九才？」

チセリは笑う。まるで電話の向こうには女友達が数人いて、それを意識してるかのようにとめどなく笑った。

「残念。十七才だよ～」

「十七？　若っ！　っていうか、こんなところに電話かけたらあかんのちゃうん？」

「かたいこと言わないでよ～。だったら未成年にテレクラのティッシュ配るほうが悪いんじゃん？」

「そら言えてる。ところで今、なにしてんの？」

「なにしてんの？　って訛ってるぅ！　おにーさん、もしかして大阪の人？」

「大阪ではない、京都の人や」

「ようは関西人でしょ～、どっちも似たようなもんだよ～」

「似てはいないぞ。ちゃんぽんと豚骨ラーメンくらいには違うぞ。ま、それはええわ。で、チセリはなにしてたとこなん？」

「寝れなくって退屈だったからさぁ～、電話してみたんだ。おにーさんはどうして？」

「や、実家から東京に戻ってきたとこやねんけどな。鍵なくして部屋に入れへんからなんとなく夜遊び」

「え？　おにーさん、どこからかけてんの？　家じゃないの？」

「テレクラの個室におるで」

「テレクラにいるんだ～、臨戦態勢だね～」

「臨戦態勢ちゃうで。めっちゃリラックスしてんもん」

「リラックスってたとえばどんな？」

「とりあえずズボンとパンツはヒザまで下ろしてるな、下半身から風邪ひくかもな」

「もしかして変態さん？」

いつまでもとりとめもなく話をしていてもしかたがないので、ゆさぶりをかけるためにノーパンであることを告白。電話を切られることを覚悟したが、チセリは笑っていたので脈ありと判断。

壁には「もし十八才未満から電話があっても切って下さい」「十八才未満との淫行は条例で禁止されています」などの張り紙がある。もちろんポップ調の書体などではない、筆ペンで書かれた明朝体だ。冗談ではないのはよくわかる。でも、そんなの関係ねぇ！　今宵の俺はデスクワークを淡々とこなす事務職ではなく、雪山もジャングルも条例もおそれない冒険野郎なのだ。

「え～、なんでそんなカッコしてるの～？　パンツ履きなよ～」

「ちゃうねん、電話鳴るまでやることないからエロＤＶＤ見るしかないんやって」

「司法試験の勉強とかすりゃいいじゃん」

「テレクラで？　ちょっとおもろいな、それ。でもこの年で勉強は無理やわ」

「ねぇ、聞いてなかったけど年いくつなの？」

「三十三才」

「へぇ～、テレクラに行ってる男ってもっとオヤジばかりだと思ってた」

「じゃ、オヤジじゃなくて、おにーさん保持？」

「うん、それに関西人だしポイント高いよ」

顔もあわせていない女との会話にしては、スムーズに流れすぎている気がする。電話慣れしてんのか、この女。もしかしたら客が退屈しないように店サイドが用意したサクラではないかと疑惑が湧いてきた。

その疑惑をハッキリさせるために、会う気があるのかないのか確かめなければならない。

「なぁ、夏休みなにしてんの？　彼氏とどっか出かけたりした？　ええ思い出はできた？」

「彼氏は三十日まで田舎帰ってるしね〜、ふざけてるでしょ〜。それに遊ぶ金がないから
ダラダラするしかないよ〜」

「あぁ、金ないんか。じゃ、俺が金払うから今からカラオケでも行かへん？」

「ん〜、会うんだったらさぁ。お金くんない？」

「え、唐突に恐ろしいことを言うなぁ」

「意味、わかるでしょ？」

「援助交際？　あまり好きではないなぁ。普段からやってるん？」

電話でのフィーリングがよかったので、できうるならば無料で性交させてほしかったの
に……。

「今までやったことないよ。でもほんとお金ないんだもん。それにおにーさん関西人だか
ら特別。今田とか好きだし」

「ふ、ふむう。ちなみにいくら？」

「相場はよくわからないけど、ホテル代と別に三万くらい欲しいかな」

「二万じゃ駄目？」

「……いーよ、関西人だし、あっちの人って値切るんだよね？　じゃ、迎えにきてくれる？」

チセリが指定したのは、ここからさして離れていないK駅だった。たがいの電話番号を教え、かけてみる。電話はちゃんとつながった。サクラでないこと確定。

フロントにDVDを返し、退室をつげると店員が「お、旦那。うまくつかまりましたか?」と笑顔を向けてきたので、俺はにやりと笑いピースした。三十才を越えてから数えるほどしかピースしていない気がする。今のピースはその貴重な一回だ。

タクシーをつかまえ、行き先をつげてから俺は肝心なことに気がつく。

写メをもらっておくべきだった。まさかアニマル浜口ということはあるまいが……。

4

どんなに着飾った女より、バスタオルを巻いただけの女のほうが美しいものである。

そんな名言を昔の画家か文学者が口にしていそうだ。友達と飲んでいるときになにげなく口にした言葉に、いつのまにか哲学的な意味がついてしまう。実はたくさんあるんじゃないか。

そんなことを考えながら、俺はシャワーを浴びていた。K駅より徒歩五分、ラブホテル・

エルドラド２０４号室のバスルームにて。

待ち合わせに現れたチセリを見た瞬間、え？　と思った。アニマル浜口に似ていたわけでない。その服装に驚いたのである。百歩ゆずって制服を着ていないのはしかたないが、チセリはピンクのハイビスカス柄のＴシャツ、毛玉をあしらった濃紺のジャージ、それにキティちゃんの健康サンダルという恰好だった。

お洒落は足元からという言葉があるのに、イボイボのついた健康サンダルはなかろう？おまけに思いっきり部屋着である。たぶんその姿のままで寝ていそう。アイドルのグラビアではまずお目にかかれない服装である。金を取るならちゃんとプロ意識をもってタイトなミニスカ、キラキラしたミュールサンダルなどで、エロっぽくきめてほしいものだ。それを、まるで銭湯やコンビニに行く気軽な服装で！

もろにヤンキーチックな服装は不満だったが、容姿のほうはまずまずだった。今風のメイクで目鼻立ちを際立たせていた。大きなツリ目に小さな鼻、田中麗奈を彷彿とさせる宇宙人顔の美少女である。たとえすっぴんになっても可愛いことは充分保証されている。

「おにーさん、まずまずだね。さ、眠くなる前にエッチしよっか！」

少女が腕を絡める。小振りな乳が肘にあたる。小柄な体のわりに大きな尻が、ジャージ素材のおかげで明確にわかる。

体と体が触れた途端、服装への不満が解消されてしまった。

考えてみれば、ベルトやジッパーやフックがついたカチッとした服装より、だらしのないジャージのほうが性交するのにはいいのかもしれない。

ウエスト部分はゴム紐で伸縮自在だから簡単に脱がせることができるものな。ジャージだけでなく、パンツもろとも指をひっかければ、ふん！　と一息で下半身を剝き出すことも可能だ。なるほど！　ヤンキーという種族はジャージ率が高いからこそ、すぐに子供ができてしまうのかもしれない、と乱暴な仮説までたててしまう。

それにしてもチセリのペンダントが気になる。黒人の不良がつけていそうなペンダントで、ごっつい$マークにラインストーンがあしらわれている。まるでさっさと金だけ置いていけと暗示しているみたいだ。

チセリが腕を引き、俺の肘がさらに彼女の乳にめり込む。こんなことで舞い上がってはいけない。女のペースにのらないことが重要だ。俺は客。主導権を握るのはつねに客のほうでなくてはならない。

チセリが「ここのホテル、前に使ったことがあるよ。きれいだよ」とホテルを指定してきた。でも、屈強な男たちが待ち構えていることを想定し「ここは風水的に凶やわ。べつのとこにしよ」とそこから離れたラブホテルを選んでみた。

ホテルに入ってから生じた問題は、シャワーを浴びる順番だった。

俺個人としてはシャワーなどというまどろっこしい手順はパスして、即本番行為にうつりたかったのだが……。

「シャワーも浴びずにアソコを舐められるなんて恥ずかしいよぅ！」とはにかまれ、考えを改めた。シャワーさえ浴びさせてしまえば、嫁だったらいくら懇願しても舐めさせてくれない女性器を舐めることができるのだ。

「じゃ、じゃあ一緒に入ろうや！」

「え〜、恥ずかしいから嫌だよ〜」

恥ずかしいじゃないいんだよ！　そんなのちっとも恥ずかしくないいんだよ！　と怒鳴りたい衝動にかられた。そのいらだちは一緒に風呂に入れない残念さからというよりも、むしろ一人でシャワーを浴びているあいだに女がなにをするかわからないという怖さからきていた。

たとえば俺がシャワーを浴びているあいだに財布から金を全額抜き取って逃げたり、金だけならまだしも身分証明書の類を抜き取って、後日、恐喝の材料にされたり、犯罪の被害に遭う可能性はいくらでもある。

「だったら先にシャワー浴びてきーや」

「え、なんで？　おにーさんが客なんだから遠慮しないで先に行ってきなよ～」

「いやいや、レディファーストって言葉あるやん？　だから君から行くべきなんちゃうん？」

「そ～だね～。わかった。じゃ、あたしが先に行くね～。覗いたりしないでね～」

思いのほか、チセリがさっさとシャワーを浴びに行ったので、ただの取り越し苦労かもしれない。

洗面台の上に無造作に置かれたジャージとTシャツ。その横には曇りガラスの浴室のドアがある。

俺はベッドの上で大の字に寝た。あれなら洗面台に衣類を置いておけば、知らぬ間に持ち去られることはあるまい。二、三回ベッドを弾ませてみる。

最後に嫁とラブホテルに来たのはいつのことだろう？　少なくとも結婚してから来たことはない。性欲の希薄な嫁でもこんなところにくれば拒まないだろうか？　なにしろラブホテルはその名の通り、ラブするところなのだから。

ベッドの横になぜか襖がある。ひらいてみると、そこには鏡があった。う～む、これで性交している姿を見るのだろうか。自分が性交している姿を客観的に見て、さらに興奮するのだろうか。

シャワールームのドアが開く。俺は急いで襖を閉じた。

そこに立っている少女にはジャージ姿のヤンキーの面影は消えていた。バスタオルを巻いただけの彼女は金髪ということもあって、森の泉で入浴するヨーロッパの少女のように見えた。

「好きやぁ！」

俺はチセリに抱きつき、一方的にキスをする。が、彼女はそっと俺を引き離し
「ん〜、汗臭いのやぁ！　いい子だから入ってきてね」

と甘ったれた声を出した。

「は〜い」

俺も素直に従い、シャワーを浴びにいく。一刻も早く、バスタオルを外したい。バスタオルをひんむいてやりたい！

一時の欲情が俺の警戒心を麻痺させた。俺はチセリの目の前で一瞬で全裸になり、シャワールームに駆け込んだのである。

「体中しゃぶりつくしてあげるから念入りに洗ってきてね〜」

シャワー音に混じり、チセリの声がこだまする。考えてみれば今夜シャワーを浴びるの

は二度目。もしかしたらアニマル浜口の匂いが残っているかもしれん。そう思い、股間付近は念入りに洗った。

5

ほの暗い照明。有線からはクイーンの「ボヘミアン・ラプソディ」が流れている。

二人ともシャワーを浴びたことで、いきなり全裸である。一枚一枚徐々に脱がせてから行為に挑むのとは違い、準備運動もなしにいきなり冷たいプールに飛び込むようなもので、刺激が強すぎる。

俺はチセリの上に乗っかり、がっちりとホールド。チセリの両足の間に右足を入れ、彼女の両肩の下に手を入れ、がっちりと体を密着させ唇を吸う。ほんのりとタバコ臭い。キスもほどほどに次は胸、ほとんど少年のような薄い胸に、さくらんぼ大の乳首がのっていて、その落差にクラクラする。いつまでも指や舌で転がしていたかったが、気持ちはすでに下半身に向かっていた。布団の奥底へとダイブし、彼女の両足を広げる。懐中電灯で照らしたい気分。うっすらとした繁みに鼻先をうずめ、舌をつっこむ。シャワーを浴びたせいか、ほぼ無味無臭。この布団の中で窒息して死ねるのなら、それはそれで本望かもしれない。俺は一心不乱に舐め続けた。人体というのはなんてわけのわからない形をしているのだろう。そしてなぜ、こんなことに熱中しているのだろう?

「ア~ウアウヤウハウヤウア~!」

快楽がピークに達したのか、チセリが突如として声をはりあげた。状況を知らない人が聞いたら、それは女の喘ぎ声というより、まるで未開の部族が戦士の霊を鎮めるための祈祷のように聴こえただろう。

「~~ヤウナウハウラウネヤ~!」

チセリの声がおさまった。と同時に部屋のドアが勢いよく開いた。俺は布団から顔を出した。なぜか若い男が部屋に突入してきて、俺とチセリに接近してくる。反射的に俺はチセリを守ろうと、彼女の頭を腕で抱きかかえた。

男は俺よりも若かった。年のころ、二十代前半だろうか。浅黒い肌をしていて、黒地のTシャツを着ていた。Tシャツには実物大の骨格がプリントされている。どうやら骨の部分は蛍光塗料が施されているらしく、不気味に光っていた。

百に一つの期待をこめ、俺は聞いてみる。

「えっと……ラブホテルのボーイさん?」

男はまったく反応しない。

気まずい膠着状態を破ったのはチセリだった。

「タケシ～、遅いよ～、やられるとこだったよ～！」

チセリはタケシという男に抱きついた。

「援交しようとしてんじゃねーよ、オッさん！」

タケシが初めて言葉を発した。哀川翔みたいに意外と可愛い声をしていた。

「お前、なに人の女に援交決めようとしてんだよ！　キモいんだよ、オッさん！　変態だろ、てめーこのやろ、グロいんだよ、オッさん！」

罵倒の言葉を連呼するタケシ。ボキャブラリィの少なさゆえにあまり腹は立たないが、オッさんという部分がひっかかる。

「オッさん？　俺がオッさん？　どちらかといえば、まだおにーさんやろが？」

俺はチセリに目線を送り、助けを求めた。

「二十五過ぎたら充分オッさんだよ！　オッさん！」

彼女の口から発せられたのは汚い言葉だった。

その瞬間、俺は悟った。ハメるつもりが、ハメられたのだと。

「お前ら、美人局《つつもたせ》ってやつやな！　なにが援助交際やねん！　俺はまだ一ミリたりともチンコは入れてへんわ！　だからまだ援交してへんわい、ボケ！」

「そんなことは関係ねーんだよ！　ポイントはオッさんが援交しようとしたことなんだよ！　未遂なんだよ！」

「未成年抱いて勃起してんじゃねーよ！」

チセリがタケシに続く。

タケシがポケットから小型レコーダーを取り出し、ボタンを押した。ノイズに混じって「二万じゃ駄目？」と聴こえた。明らかに俺の声だった。

俺は大きくため息をつく。自身の軽はずみな行動のせいで、こんなくだらない状況に追い込まれている。

「ってことはあれかい。俺は挿入もしてへんのに二万とホテル代を損するってことか？」

「勘違いしてんじゃねーよ、オッさん！　それですむわけねーだろーが！　弱みはバッチリ握ってんだよ！」

タケシの手に握られていたのは俺の財布だった。

「そっか……シャワー浴びているあいだにか」

俺はチセリをにらむ。彼女は目をそらした。

「これ、オッさんの住所、本名、これなんか社員証。まぬけだね～、こんなの入れてて。会社に電話してみよっか？　人生、台無しだよ」

タケシが社員証を手に、俺の頬をペチペチと叩く。

俺はその手首をつかむ。

「人生台無し？　面白いやんけ。お前ら常習犯やろ？　俺もお前らの顔、バッチリ覚えたからな」

「なにカッコつけてんだよ、離せよ、オッさん！」

タケシが俺の手を振りほどく。一瞬、目に怯えが見えた。強がってはいるが、けっしてジャンキーなどではなく、一応正気だ。俺に余裕がうまれた。

「別に俺は公務員でも漫画家でも教頭先生でもないしな、援交くらいじゃニュースにゃならんよ。それより罪が重いのはお前らのほうやで。組織的、計画的な悪質犯行。被害総額にもよるけど、確実に三ヶ月は拘留されるな。御愁傷様」

俺は口を歪め、両手をあわせる。

「ねぇ、こいつビビってないよ。やばいし、もうやめよ」チセリがタケシのTシャツの裾をひっぱる。

「バカ、お前！　こんなオッさんになめられてたまるかよ！　そもそもなぁ、俺らの顔覚えたからって、それでつかまるとでも思ってんのかよ！　こっちはなぁ、会社の番号覚えたからいつでも密告できんだよ！」

「顔の記憶だけやないよ。こっちも個人情報握ってるで」

「強がってんじゃねーよ、なんだよ、それ！」

タケシは上半身が骸骨に見えるTシャツを着ていることで、凄みを増してはいなかった。むしろガリガリで弱そうに見えた。

「電話番号、携帯電話の番号」

「ハッ！　オッさん、そんなものはなぁ。こっちも警戒してんだよ。すでにそんなものは消去してあんだよ！」

どうやら、それもシャワーを浴びているあいだにおこなわれたらしい。なかなか悪知恵が働く。

「俺の携帯電話に番号がなくても、んなこた問題やないよ」

「笑わせんなよ！　じゃ、なにか？　十一桁の番号覚えてるっていうのかよ！　言ってみろよ、今ここで！」

「覚えてない」

「話になんねー。バカだこいつ！　すぐバレるハッタリこいてんじゃねーよ！」

「今、ここで番号がわかる必要がないってことや。テレクラでチセリの電話番号教えてもらうときにな、机にあったメモ帳に鉛筆でメモした」

「そんなメモ、次の客が入る前に捨てられてるに決まってんだろーが」

「そーかもしらんけど、わざわざシュレッダーにかけてるとは思えへんな。五センチ四方のメモ相手に。ゴミ箱探してもらえばすぐ見つかるやろ」

余裕が出てきた俺はふたたびベッドに寝そべり、掛け布団をかける。

「オッさんもバカだな。俺らが犯罪するのに、自分の電話使うわけねーじゃねーか！」

「さっき彼女に電話見せてもーたけど、ストラップじゃらじゃらついてたで。どう見てもありゃ個人のやん」

「チセリ、お前あれだけ外せって言ったろーが！」

タケシが腕を振りあげ、反射的にチセリが顔を覆う。

「あ、今、名前で呼んだ。本名やったんや、それ。珍しい名前。また個人情報ゲットやん」

歯ぎしりして悔しがる男。不安そうにバスタオルで胸を隠している女。そして、とっとと眠りたい俺。その状況を作り出したのは俺のペニス。すべての不幸の元凶は俺のペニスにあった。

「もう疲れたわ。ここはおたがい痛み分けってことで、もう帰ってくれへんかな……」

ちょっとした冒険にもウンザリしてきた俺は、眠って体力を回復したかった。

「狙うのなら守るものの多い四十代以上にしとくんやったな。俺の世代は就職氷河期、もっともニートの多く、もっとも自殺の多い世代や……守るものなんて、なにもあらへん」

守るものなんてない。はたして、そうだろうか？　もしそうなら、それは虚しいことだ。

「っせーよ！　スカしてんじゃねーよ！　俺らはな、キレる若者なんだよ！　一度怒らせたら手がつけられねーんだよ！」

タケシの怒声は仲間内で力を誇示しようとする虚勢に見えた。自分でキレると言っているうちはまだいい。本当にキレるというのは自覚のない衝動だ。そんな若者に会ったことがある。六年前、被害者として。


寒い冬の夜だった。まだ夜の十時ごろだったろうか。レンタルビデオ店から帰る途中だった。住宅街に車をとめ、自販機でコーンポタージュを買って車に戻ろうとしたそのとき、バットでボコボコに殴られたのである。突然すぎて俺はなにもできなかった。交渉の余地のない一方的な暴力。腕で頭を守るのが精一杯だった。犯罪者は俺から財布の中身を抜き取っていった。そのとき、俺は財布に五千円しか入れていなかった。そして俺は生まれて初めて救急車に乗り、一ヶ月ほど包帯がとれなかった。

まだ十代のその男は完全にヤク中で、同じような犯罪をくりかえしていて警察にマークされていたらしい。証人として法廷で話してくれないかと頼まれたが、それは治りかけのカサブタをわざわざ剝がすようなものだ。俺は丁重に断った。言葉もなしにいきなり襲いかかってくる男。それはある意味、悪鬼羅刹《あっきらせつ》のたぐいとなんら変わらなかった。それに比べると目の前に立っているやたらと言葉を投げかけてくる若者は、上半身が骸骨とはいえど、滑稽なくらいに人間くさかった。

「なに黙ってんだよ、オッさん！　ボコられんの怖くてビビってんじゃねーの？」

そして、悲しいことに俺は暴力が苦手だ。さらに悲しいことに、この若者は言葉の理解できないバカだということだ。おかげで、話し合いに進展がない。

「や……ビビってなんかあるわけないやろ……」

「オッさん、めちゃめちゃ小声じゃねーかよ！　ビビってねぇ証拠、あるんだったら見せてみろよ！」

もういい。こいつらが立ち去ってくれないのだったら俺のほうから動こう。早く一人になりたい。もう疲れた。帰る準備をしよう。まずは服を着ることだ。最低限、パンツを履いておこう。

俺はベッドから這い出て、パンツを探し出した。目の前のタケシを無視し、床に脱ぎ捨てたパンツを探す。迷彩柄のパンツはすぐに見つかった。パンツを履こうと右膝をあげたとき、タケシの異変に気がついた。彼は目を見ひらき、金魚のように口をパクパクと動かしていた。まるで酸素が足りないかのようだった。

「お、お前、な、なに勃起してやがんだよ……」

タケシは俺を指差していた。その人差し指の延長線上には、隆々と屹立している俺のイチモツがあった。

自分でも驚いた。いや、焦った。セックスをしたい気持ちの強さが、勃起した状態のままフリーズさせていたのだ。まるで場違いだ。勃起するべき状況ではない。心と体がうまく連動していない。すぐにパンツを履いて隠せばよいものの、勃起を収めることに躍起になってしまった。右ジャブ、左ジャブ、握りこぶしでイチモツを軽く殴ってみたが、ほどよい刺激が逆に気持ちよく、火に油を注ぐ結果。かえって俺のイチモツは怒張してしまった。

「や、やめろ……なに気合い入れてんだよ……」

タケシの声が完全に裏返っている。

「やだ、こいつ本物の変態だ」

チセリが顔をゆがめる。

なんだかわからないが俺が優位に立っている。もはや狩られる側ではなく、狩る側に移行していた。俺は三分クッキングのテーマを口ずさみながら、亀頭をつまみ角度を下げ、反動でびたんびたんと自分の腹にイチモツを叩きつける。そしてタケシににじりよった。

「よく見たら、なかなか可愛い顔してるやんけ」

耳元でささやき、タケシの耳を触る。

「な、なんだよ、こいつ……気持ち悪ぃ！」

俺の手を振り払い、タケシは飛び退いた。これはカケでもあった。突如、出現した異質な存在を排除しようとするか、回避しようとするか。幸いタケシは後者であった。俺のイチモツをひねりあげることも容易にできたはずなのに、女の前で虚勢をはるだけの小者だった。

「お、おい、こんなやつにかまってても無駄じゃねーの？　早く財布出せよ、おい！」

タケシは財布を出せとチセリにあごでうながす。彼女は納得がいかなそうに財布をタケシに渡し、俺の手に戻ってくる。

ＴＳＵＴＡＹＡのカード、普通免許証、社員証、行きつけの歯医者のカード、社会保険証……悪用される可能性のあるものはすべて財布におさまっている。

「さっさと服着ろよ！　おいてくぞ！」

すでに玄関で靴を履きながら怒鳴るタケシ。慌てながら服を着ているチセリの姿が浴室の曇りガラス越しに見える。

「もう二度と俺らの前にあらわれるんじゃねーぞ！　オッさん！」

タケシの捨て台詞。そして叩きつけられるように閉められるドア。どちらかというと俺が言うべき台詞だったのに。まるで自分のほうが加害者だったような後味の悪さ。

とはいえ、やっと俺は一人になることができた。ラブホテルに一人で泊まるという淋しい状況。身勝手ではあるが今、この場所に嫁が助けに来てくれたなら。

かつて人生でもっとも落ち込んだときに、救いの手をさしのべてくれたのは嫁だった。


六年前、突然の入院をした俺は途方にくれていた。

全身打撲、右足骨折、毎日の検査、慣れない点滴や松葉杖、入院生活はわずらわしいものばかりだった。中でももっとも厄介なのは退屈だった。

ヒマなとき人は考えごとをする。ネガティブな状況ではネガティブな思考に引きずり込まれるものだ。理不尽な暴力にさらされた俺は被害者意識にどっぷり浸され、採血や血圧を計りにくるナースにすら気を許せずにいた。

友達とも疎遠になっていて、家族以外は誰も見舞いに来てくれない。

なんとなく、携帯電話のアドレス帳をスクロールさせているうちに、俺は一人の女の子を思い出した。

入院する半年前、コンパの席で一緒だった彼女はひときわ印象に残っていた。他人はおろか自分自身にすら感心が薄い様子で、人間社会のわずらわしさの外にいる印象だった。メールアドレスを交換した俺は何度かデートに誘ったが、都合があわないとすべて断られた。おそらく彼氏がいたのか、俺に興味がなかったんだろう。

ヤッホー！　ひさしぶりー！　と妙に明るい文面のメールを気づけば彼女に出していた。病院の場所と病室のナンバー、入院した経緯をちゃらけた感じで綴り、最後に「会いたい」と打った。それはそのときの俺の心からの気持ちだったが、一度しか会ったことのない人間からこんなメールをもらっても、迷惑でしかないだろうとすぐに後悔した。

五分以内に返事はきた。文面はただ「行けたら行く」とだけ。わざわざ返事をくれるだけ律儀な人だ。「行けたら行く」だなんて病人に対しても遠慮がなく、彼女らしい。

そして俺はうとうとと眠っていた。ふと目を開けると俺の見知らぬ女の顔。思い出すのに五秒かかったが、コンパで超然としていたあの女の子だった。

言葉も出ずに困っている俺に対し、彼女は「たまたま、たまたま」とだけ言った。

俺は落ち着かなかった。ほとんど知らない人間の見舞いに来てくれた真意が不可解だった。

「なぁ、ほんまに見舞いにきてくれると思わんかったわ。なんでわざわざ来てくれたん？」

俺はベッドから上半身を起こし、責める口調で問いかけた。納得のいく説明をうけたかったのだ。

「たまたまってさっき言うたやん？　それやとあかんか〜」

「うん、わからへんわ」

「めんどくさい子やな〜。ん〜、たとえばさ〜、目の前に困ってる人がおって、自分にできることやったら、やっぱり助けるもんなんちゃうん？」

彼女のその言い草があまりに自然だった。大袈裟な表現ではなく、俺は救われた。

世の中にはたしかに善意が存在することを信じてみる気になった。たとえそれが「たまたま」や「なんとなく」といった気まぐれなものだとしても。

いつのまにか雲が赤く滲んでいた。窓から差し込む夕陽が彼女の顔を赤く照らしていた。

「また、見舞いに来てくれるやろうか？」

俺の問いに、彼女は露骨にめんどくさそうな顔をした。この話の流れでそりゃないだろうと硬直している俺に彼女は言った。

「ほな、退院したらＵＳＪにでも行こか。さっさと治して出といで」

これが俺と嫁の、なれそめというやつだった。

俺は涙を流していた。そうだ、嫁は口も態度も良くないが、間違ったことはしていなかった気がする。それにひきかえ俺はなんだ？　デリヘルを頼んだうえに、援助交際未遂。間違えだらけやないか！　だというのに！　反省もしているというのに！　イチモツはしつこく勃起している！　呪いか？　神の与えた試練か？

眠ることによって、うやむやにしようとするが、性欲が睡眠欲を押しのけていて、とても眠れそうにない。

つまり神様、俺に一人でしろと？

それならせめて、嫁に対する不貞をつぐなう意味で、嫁との性交を思い出しながら自慰するのが人として正しい道なのだろう。だが、思い出そうにもそれは遠い記憶だった。ここ最近、情熱的なキスすらしていない。それにひきかえ、まわりの枕やシーツには生々しいまでにシャンプーや汗の匂いが残っている。俺は目を閉じる。アニマル浜口似に施されたサービスを思い出しつつ、顔はチセリに置き換えた。ついさっきまでのリアルな感触を思い出し、乱雑にこすり始めた。

最高部類の自慰だった。勢いよく発射した精液は飛行機雲のようにヘソから首元まで白線を引いた。少量ではあるが、アゴやホホにも精液が飛んでいる。図らずも自分自身に顔射してしまった。ティッシュで顔を拭いているうちに、またも泣けてきた。

なんなんだ、この罪悪感は？　虚しさは？　いますぐ嫁にあやまりたい！　嫁に電話をかける。プップップップッ……が、コール音が鳴る前に切る。やばいところだった。夜中にいきなり電話して浮気をカミングアウトしたら、確実に、離婚を言い渡されるだろう。うおお……死にたい！　もだえながら携帯電話を握る自分の手に噛み付いた。歯形がくっきり浮かんでくる。少し冷静になった。そもそも俺は、本当に反省しているのか？　チセリと性交できなかった悔しさを、嫁への罪悪感にすり替えようとしていないか？

答えは出ないし、出す必要もないだろう。ただ、眠れそうにもなかった。それがなによりの問題だった。

三章

「そんなのなぁ、はっきり言って自業自得やん。新婚一年も経ってない身分で援助交際するからやないか！」

「そ、そっかな。お前もそういう欲望あるやろ？」

「ないことはないけど、デリヘルでとめとけばよかったやん。それだけでも充分に非日常やってんろ？　君、そんなん時価の寿司食ったあと、松阪牛食おうとするようなもんやで。まったくしょうもない。留守電に死にたいとか入れやがって！　慌ててかけなおしたらそんなオチかよ！」

「いや、松阪牛は食えへんかったから……」

「宮沢賢治も友達に手紙で書いてるで。性欲の乱費は君、自殺だよって。デリヘルならともかくさ、なに援助交際までしようとしとんねん」

「え？　そのことを君に責められるとは思わんかったわ。そもそもやで、援助交際ってなんであかんの？　デリヘルとかは認められてるやん？」

「たぶん、それは未成年相手にスケベ行為はやめとけってことなんやろな。でも、不思議なことに女は十六才から結婚できるという……」

「ほやから、自由恋愛で性交するぶんにはかまわへんのやろな。そやねん、だから俺は道徳的には踏み外したけど、趣味嗜好的には十七才と性交しようとしたことは、むしろ健全やねん」

「いや、健全ではないやろ……」

「ちょお聞いてくれや。さっき俺、未成年抱いて勃起してんじゃねーよ！　って言われてさ。それって俺が変態みたいな物言いやんか。それが気になっててさ」

「お前、そんなこと言われたんや。誰に？」

「援交しようとした当人に」

「そりゃ、落ち込むな。死にたくなったって言うてたけど、大袈裟やないわな」

「いやぁ、ほんますまんな。こんな時間に話し相手になってくれて」

「まったく二時に電話かけてきやがって。ま、ええわ。じゃあ一つ俺が断言してやるわ。君はちっとも異常じゃない！　ロリコンでもない！　変態でもない！」

「ありがとう、ありがとうな」

「大昔やったら十五で元服やねん。結婚も普通やっててん！」

「そっか、そう言われればそうやな。社会出てないから精神的には未熟かもしらんけど、十七っていうたら肉体的には充分に大人やわな」

「だいたいやで、今、十五才以下のイメージＤＶＤがめっちゃ売れてるやん」

「え、そうなん？」

「友達でな、そういうのが好きなやつがいるんやけどな。なんか今、凄いことになってるらしいねん。十五才以下の子がイメージＤＶＤで、平気でＴバック履いて尻を晒したりしてるらしいで」

「え？　十五才がＴバック履いてええの？　逮捕されへんの？」

「ああ、タレントはともかく、制作会社が捕まったりとかはあったみたい」

「よう頑張るわ。感心はできひんけど」

「でもさぁ、友達言うてたけど、初期のころより露出が過激になってるらしいよ」

「過激？　乳首出したりとか？」

「そんなん一発でアウトや。ではなくてね、あくまでセミ・ヌード的表現で勝負せなあかんジャンルらしいねん」

「たとえば最初のころはどんなもんやったん？」

「初期のころは、たとえばパンチラ。それに手ブラ」

「手ブラってなに？」

「君はほんまにものを知らん男やなぁ。手でブラジャー、略して手ブラや。ブラなしの状態で手で隠すことを言うねん」

「へぇ〜、エロいなぁ」

「それからパンモロが当たり前になってきて、ついにはTバックを履く中学生まで現れたわけよ」

「Tバックかぁ、ほとんど尻見えてるわけやん？」

「そう、尻面積の九〇％晒してるわけよ。で、Tバック中学生泉明日香の登場によって、アンダー十五ＤＶＤ戦国時代が始まるわけや」

「ずいぶん、詳しいな、君」

「いや、俺じゃなくて友達がな。で、Tバックがセーフとみなされると当然それ以上に過激なものを消費者が求めるわけや。TバックからOバック、それにYバック……」

「ちょお待って。YとかOとかわからへん。どんなんそれ？」

「YはTよりさらに角度の激しいやつや、場合によっては肩に引っ掛けたりしている」

「究極変態仮面みたいな？」

「古い漫画引っ張りだすなぁ。まぁ、そんなとこかな。で、Oバックというのはパンツのうしろに大きな穴があいてるねん」

「なんで穴あけるねん。衣類として問題あるやろ」

「うん、友達はあまり好きやないらしい。で、こうなると下着以外のエロ表現もエスカレートするよね。アイス舐め、練乳ぶっかけ、電マくすぐり、ローションマッサージ、メコスジ、などなど」

「う、う〜ん。不道徳な匂いがプンプンただようなぁ」

「泉明日香なんか、ＤＶＤ発売イベントに、Ｔバック履いて登場したりしてな、センセーションを巻き起こしてたで」

「まさかお前、そのイベント行ってへんやろな？」

「だから友達がって言うてるやんけ！」

「す、すまんな」

「でも、友達が言うてたけどよ、十五才以下やから子供や思って甘く見てたら、足元すくわれるらしい。いざＴバック見せられたら、やっぱ勃起するって言うてたよ」

「そーかー？　理解でけへんなぁ、だって中学生やで。高校生ならまだしも、そんなん勃起するかぁ？」

「いやいやいや、君も見たら興奮するんちゃうかな〜。今さら聖人ぶるなよ〜」

「なぁ、さっきから聞こうと思ってたんやけどさ。その友達ってどんなやつ？」

「どんなやつって……わりと普通のやつかな」

「本当はそんな友達おらんのちゃうん？」

「……なにが言いたいねん、お前」

「友達が詳しいんじゃなくて、君自身が興味あるんちゃうの？」

「それは……この話の流れの中で、あんまり重要やないとこちゃうん？　眠いというのに励ましてやってるのに」

「ご、ごめん」

「たとえばさぁ、お前、好きな女優って誰？」

「最近やと、田中麗奈かな」

「その友達はな、栗山千明が好きやねん。わかる？　栗山千明？」

「キルビルで変な武器振り回してたな。美人や思うけど俺のタイプやないかな」

「その栗山千明がな。小学六年のときにヌードになってるの知ってる？　篠山紀信撮影で」

「そうなん？　そんなん初めて聞いたわ」

「栗山ファンの友達としては、ぜひとも見てみたいところや。でもその写真集はとてもレアなので、手に入れることは難しい。そこで友達は国会図書館に行くことにしたらしい」

「国会図書館？」

「日本中のほぼすべての本が読める図書館や。雑誌のバックナンバーとかも、そこに行けば大抵のものが読めるという、まるで天竺みたいなとこやな」

「そんなとこがあるんや～」

「で、彼は国会図書館におもむき、栗山千明写真集『神話少女』を見ることができたんや」

「それは、おめでとう……でいいのか？」

「うん、しかもその友達は本をひらいて見ることだけで飽き足らずに、写真集を持ってついついトイレに入ったらしい」

「え？　どゆこと？」

「まぁ、いてもたってもいられなかったんやろな。チンチンこすりたくなったらしい。で、洋式便器に腰をかけ、トイレに誰かが入ってきたら、こするのをやめ、出ていったらまたこすってをくりかえし、オナニーを成功させたらしい」

「日本一の図書館のトイレでか？　ある意味、凄いなその人……」

「で、俺は思うねんけど、はたして彼はロリコンなのだろうか？」

「小六のヌード見て、こすってんろ？　それはもう立派にロリコンじゃないか？」

「ものごとを一つの角度から見たらそうなるよな。だが、重要なのはそれが栗山千明だということや」

「……なにが言いたい？」

「つまり、彼は小六のヌードを見てこすったというより、栗山千明のヌードを見てこすったとも言えるのじゃないかと」

「う～む、でも小六の栗山千明やろ？」

「だから、ポイントとしては小六というより、栗山千明という部分が彼にとって重要だったのではないかと。だとしたら彼は、ただ好きな女優の裸を見たかっただけの、健常な嗜好の持ち主ではないかなと思うんだ」

「そっか、確かに俺も田中麗奈の小六のときのヌードを見る機会があれば、こすってしまうかもしれんな」

「そやろ、そやろ」

「しかし、国会図書館のトイレでオナニーって、よくよく考えたらかなりの豪傑やな。なかなかできることやないよ。尊敬できる男やな」

「尊敬できる男？」

「うん、足元向けて寝られへんわ」

「実はな、その友達っていうのは俺自身やねん」

「うわ！　ロリコンや変態や！　きんも！」

「その態度はないいんとちゃうかなぁ……」

「じゃ、じゃあ中学生のＴバックＤＶＤとかも買い集めたりしてるんか？」

「いや、買ってまで欲しくはないわ。無料サンプル動画とかで充足しているしな」

「充足してるんや……ちょっと引くわ」

「引くなよ、こら。援助交際野郎のくせに！　そもそもやで、みんなが押しつける価値観なんかに振り回されたらいかんよ。今でこそ、世界でセックス回数はワーストのほうやけど、もともと日本は性に対しておおらかな国やったんよ。夜這いが多かったみたいやし」

「ドアに鍵かける今となっては考えられんよな」

「そいや俺、凄い話思い出した。アガタ祭りってあるやろ？」

「アガタ祭り？　さぁ……」

「そっか、そういや君は宇治市と違ったか。毎年六月に宇治駅近辺である祭りやけど、中学時代に同級生とよく行ってたんだよ。まぁ出店があったり、同級生の女子の私服が眩しく感じたり、中学の教師が見回りにきてたりな。お前ら、危ないから遅くまで残るなよーみたいなね」

「地元の祭りのようある情景やな」

「俺もそう思ってたよ。どこにでもある祭りの一つやと。でもそのアガタ祭り、かつては全国的に有名なトンデモ祭りやったらしい」

「トンデモ祭り？　トマト投げあうとか？」

「外国にそんなのあるよな。じゃなくてな、もっと破廉恥やねん。その祭りはな、遅くまで残るとんでもないことが起こるねん」

「ドキドキするなぁ。なにが起こるん？」

「真夜中になると、いっせいにあたりの提灯が消えて真っ暗になるらしい」

「真っ暗？　真っ暗にはならんやろ」

「神輿が通るあいだ、沿道の灯りが消されて真っ暗になるらしいよ。そこで、その暗闇の中に残っていた男女のあいだで、その……いわばハッスルタイムが始まるねん」

「ハッスルタイム？　すまん、もそっと詳しく頼むわ」

「今で言うところの乱交パーティが公然と、行われていたらしい！」

「す、すごい！　そんなん参加してみたい。誰に聞いたんや、そんなん」

「二十才くらいのとき、短期バイトで茶団子屋で働いたことあるねんけど、そこの店のご隠居が言うてはったわ。なんでも暗闇の中やから年増や不細工をつかまえてしまうこともあるねんって笑ってたよ。そういうときは満足するまで他の女性をさがして、二回、三回とするんやって」

「若者大興奮のエピソードやな、それは」

「年寄りの話やのに面白かったわ。俺も爆笑して聞いてたからな。今でこそ考えられへんけど、物凄い時代やな」

「イスラム圏の人が聞いたら確実に激怒間違いなしやな」

「俺ですら、まがまがしく思うもん」

「ふと思ってんけどさ、昔はコンドームなかったやん。祭りのテンションやと当然それは中出しになるん？　あとあと問題にならへんのかな？」

「それがな、民俗学者の赤松さんの本に書いててんけどさぁ、この子、俺と目元似てねーだろー、誰の種なんだろーなー、ガッハッハー！　とか言うて、父親が赤子を抱いている……そんなのどかな風景がいたる農村であったらしいぞ」

「のどかなのか？　もっと悩めよ、親父」

「ようは村全体の収穫高があがればよかったんやろな。それが〝和〟の精神ってやつなのかもしれへん。俺はちょっと憧れるわ。素晴らしきチームワーク、一体感やと思わんか？現代社会の男女なんて嫉妬に満ちあふれてるやんけ！」

「あ〜、街中でデートしてても、女の姿を目で追っかけてたとか言うて機嫌悪くなったりな」

「メール返すのが遅れただけで、女と会ってたやろって勘ぐられたりとかさ。別れ話切り出してきたり、最悪の場合、刺しつ刺されつ。ドロドロしてるわ」

「ほんまやな。でもヒット曲の半分以上が恋の唄やぞ。どうゆうことやねん？」

「それは君、DNAが子孫を残せって命令してるんやろ」

「本能が恋の唄を作らせたり、口ずさませてるのか……罪な生き物やな、人間って」

「なんかさぁ、たかが恋愛やんって気もするねんけど、最近は彼氏や彼女がおらんだけで負け組って風潮やん？　童貞ってだけで不当に差別をうけてる若者もたくさんおるで」

「それ思うと提灯消してセックスする祭りも、むしろ正義に思えてきたわ」

「これもまた赤松さんの本で読んだんやけど、村ぐるみで性教育とかも普通にあったらしい」

「性教育っていうのはもしかして？」

「むろん、いきなり実戦やな。若衆入りした男子たちが仏堂に集まり、後家さんたちが手取り足取り教えてくれるらしい」

「う〜む、初めてやのに、好きな人と結ばれないんや」

「しかも相手はくじ引きで決めるからな。運が悪いと実のオカンやオバとあたることもあったらしいで」

「い？　無効やろ、そんなん。やり直しはないの？」

「仏の思し召しやから変更はきかへんらしい」

「そこは融通きかせろよ！　変な部分でかたくなやな！」

「でも逆にさぁ、結婚するまで女は顔隠さなあかん国より全然マシやろ？」

「そこと比較されてもなぁ……婚前交渉した娘が義理の兄に火炙りとか、そんなんあるんやろ？」

「生きながら火に焼かれてか……う～む、日本の女性の何割が殺されかけるんやろな」

「おそらく九割は婚前交渉してるやろ？」

「うん、そやろな。そいや微妙に話飛ぶけど、世界ウルルン滞在記に川村ゆきえが出てたの見てたか？」

「あ、それ俺もたまたま見てたわ。エジプトの家族と暮らしてたな」

「あそこの家も最初、女は顔隠していたよな」

「家族以外に顔見せたらあかんのやろ？　ああいう国って結婚するまで顔わからんってことか？」

「そうかもな。でもさぁ、街中歩いている女のほとんどが顔隠してるわけやろ？　審美眼が養われへんのちゃう？」

「どうなんやろな。テレビや映画で外国の女の顔見て、あの女優はタイプとかそんな話してるんかね？」

「スカーレット・ヨハンソン、エロいわ～！　とか言うてんの？　ターバン巻いた野郎どもが」

「ははは、面白いな、それ。言うててほしいわ。でもま、美人の基準ってのは、感覚的に身についてるんちゃうん？」

「それはあるかもしらん。俺の彼女の妹にさ、一才くらいの男の子がおるねんけどさ。テレビにチェ・ジウが映ってるのを見ると大興奮するらしいで。ブラウン管に頭こすりつけるらしい」

「奇妙な動きやな。発情してるんかいな？」

「発情してるかはともかく、彼にとってチェ・ジウはストライクやったってことやろな」

「ふ〜ん、本能的に美人に反応するんかね」

「そうなんやろな。美人レーダーってのは生まれつき備わってるんちゃうかな？　それこそ魚が泳ぎ方を知ってるみたいに。だって滞在先の父親、川村ゆきえにべた惚れしてたやん？」

「マハメドさんか……恋する童貞のようにウキウキしてたもんな」

「ゆきえ、全然本気出してへんかったのにな。砂漠の国やし、顔以外の肌、完全に隠してたやん。普段のビキニ姿見せたら改宗しよるんちゃう？」

「もうマハメドさんのことはそっとしといたれよ……」

「ほんま日本でよかったわ。夏になったら街中でも背中や足を露出した娘おるやん。たいして知りもしないのに恋に落ちそうにならへん？」

「君は動物的やなぁ。それってただの性欲だけやん！」

「恋も性欲も似たようなもんやろ？」

「否定はせえへんけどさ。恋というのはもっとこう、相手の深い部分をやね……」

「なにをがらにもないことを。人間といってもしょせんは動物やで。そこは認めておかんと。それに性欲というのは重要やで。昔、出会い系サイトで知り合った女の人が言ってたわ。いくら好きな相手でもセックスの相性が悪かったら長続きせえへんから、とりあえず一回やってみてからつきあうか考えるって」

「そんなん言う女おるんや。なんか女性不信になりそうやわ」

「みんなが思ってるわけやないから気にすんなって。で、君の嫁はどうなの？」

「どうなのってなにがや？」

「うん、セックスの相性」

「ダイレクトに聞くなぁ。相性以前の問題やわ。しばらくセックスしてへんもん」

「あ〜、最近セックスレスのカップルや夫婦って増えてるらしいな。ある意味、旬の存在やん」

「ちっとも、うれしかないけど」

「しかし、別々の部屋で寝ているわけじゃないんやろ？」

「うん、同じベッドで寝ているわけやけど」

「俺だったら毎晩寝る前にするかな」

「歯磨き後のイベントとしてか？　だがな、あいにくうちの嫁はあまり性交に関心がない人間やねん。女の人やとたまにおるやろ？」

「あぁ、確かに性欲希薄な人っているよな。そんな人とつきあうことの悲しさ、もどかしさ、俺にはよくわかるわ」

「適当に共感せんでえーって」

「あれ？　前に言わんかったっけ？　だいぶ昔つきあってた、エッチさせてくれない彼女のことを」

「あぁ、けっこう前の話やんな。覚えあるわ。キスもさせてくれへんかってんろ？　その人、お前のこと好きでもなんでもなかったんちゃうん？」

「君はあいかわらず、土足でズカズカとあがりこむような物言いをするな」

「だって、事実そやろ？」

「好きでもなんでもなかったら、キス要求した時点で二度と会ってもらえへんやろ？　じゃなくって、彼女は俺に友達でいてくれって頼んだんやで」

「それってベタなフレーズやんか？　ふるときの常套句やん？」

「でも実際、仲良く遊んでたんやって。俺のことを親友だと思ってるとすら言うてたよ」

「なんか気持ち悪いこと言う女やなぁ。でも君のほうは性交したくてしかたなかったんやろ？」

「まぁ、その気持ちをおさめるために、出会い系や風俗をたしなんでたわけなんやけど」

「やっぱ、君、最低やな」

「最低かな。風俗行ったあとに彼女にいちいち報告してたからね。彼女の俺に対する真意を確かめるために」

「うわ、キモーっ！　なにそれ？　そんなん報告するん？　それで彼女の反応はどうやってん？　怒ったり、嫉妬したり、まさか泣いたりとか？」

「涙見せてくれたら成功やったんやろな。だが、実際は……うわ！　凄いエピソード思い出してしもうた！」

「なんやねん？」

「一度、彼女にアナル・ファックができる風俗店に行った話をしたことがあったんや」

「ちょと待て！　なにそれ？　どんな荒療治やねん！　反応は？」

「いや、それがな。大腸菌とか怖いねんでー、病気になったらどないするんよーって心配されたわ」

「お母さんやん！」

「ちゃんとゴムをつけてたから心配ご無用、とか言いたいことは色々あったけど、素直にたしなめられといたわ。もうそんなお店行ったらあかんよーって彼女が言うもんやから、じゃあ頭撫でてって頼んで、頭を撫でてもらった。優しい子やったなー」

「おかしいやん！　お前、褒められることなんにもしてへんやんけ！　アナル・ファックしただけやんけ！」

「俺はただ……あの子に優しくしてほしかっただけなんだ」

「……すまん、俺からのコメントはなにもないわ。そもそもアナル・ファックが理解できひんわ」

「俺かって別に好きやないよ！　そのときはたまたま話のネタっていうか、普段はオーソドックスなセックスしかせえへんよ！」

「ほんとにオーソドックスなんかねぇ……なあ、オーソドックスの中には一般的にフェラチオも含まれてると思う？」

「あ、そう言えばだいぶ前に、嫁がフェラチオしてくれなくて困ってるって相談してきたよな。今はどうなん？」

「こないだ交渉して、お金払うからフェラチオしてくれって頼んだんやけどな」

「夫婦間で売春かよ。最低やな、君ら。で、いくらでフェラチオ」

「六千五百円」

「高っ！」

「それでも駄目やったんや。なんかもう、ヨガでも習って体柔らかくして、自分で自分のをフェラチオできたらとも思うわ……」

「中学生みたいなこと言うなよ。情けない。まぁ、今晩は念願のフェラチオしてもらえてよかったんやない？」

「うん、アニマルやったけどな……」

「ごめん、ぶり返しちゃったね……」

「フェラチオってそんなに嫌なんかなぁ。女性器舐めるの大好きやけどなぁ。今までの女性ってどうやった？　フェラチオ嫌がる人ってそんなおった？」

「日本ではわりとフェラチオはみんなやってるんちゃう？　たぶん、若い女のあいだでは、寅さん映画を見たことある人よりも、フェラチオ経験者のが多いと思うよ」

「ん〜、そうやろな。ようわからんたとえやけど……こんなん聞くのはなんやけど、君の今の彼女はフェラチオは嫌がらへんの？」

「うん、してくれるよ」

「嫌がらへんのか、ええなぁ」

「嫌がらないっていうより、わりと積極的というか、頼まなくても自然にフェラチオしてくれるかな」

「ふむう……今の俺からしてみればアダルトビデオの世界やわ。じゃあたとえばやで、性行為が始まる前って、じゃあ始めます！　ってシャワーを浴びて始まるのか、気がついたら始まってるのかどっち？」

「ん～、だいたい彼女が布団に寝そべって、それで俺も寝そべって、イチャイチャしてたらそのまま……」

「ってことは、シャワーも浴びずにフェラチオしてもらってるということか？」

「そういうことになるな」

「そ、そ、それって、即尺じゃあねーかぁっ！」

「ソクシャク？」

「即、尺八。略して即尺も知らんのか！　今や、風俗でもオプションとして取り入れられてるとこもあんねんで！」

「風俗でそれって嫌やない？　なんかバッチぃやん」

「くそう。しかし、うらやましいな」

「うん、セックスさせてくれへん子とつきあった反省もあるしね、今の彼女は性に対して積極的な人でよかったよ」

「積極的って……女のほうから求めてきたりするんか？」

「うん、具体的なエピソードを話すとやね。今年の五月、彼女と彼女の娘と三人で温泉に行ったときのことなんやけどね……」

「そいや、バツイチで子供おるんやっけ。娘って年いくつなん？」

「それ、何回も聞いてるよ。小学校五年ね。で、温泉の話なんやけど、和室で寝るときに布団敷くやん。川の字にね。で、娘が真ん中で寝たがるわけ。それを彼女がなんとかうまく言いくるめて、彼女が真ん中で寝ることになったわけね」

「まぁ、娘が真ん中で寝たら、君と彼女はいちゃつけへんよなぁ……」

「ん～、そばに娘がいるから俺もそんな気はもともとなかったんやけど、夜中に彼女が俺の布団に入ってくるのよ」

「え～っ！　夜這いやん！　積極的やん！　ってか娘、近くにおるんちゃうんかい？」

「うん、だから俺も拒んだって。娘が起きるとやばいよ！　トラウマになるよ！　って」

「たしかに母親のケモノな姿は見たくないわなぁ。で、彼女は？」

「俺の浴衣をほどいてきたよ。あの子、寝つきがいいから大丈夫！　って」

「エ、エロいなぁ〜、で、君はどうしたん？」

「やめて！　娘、起きるかもしれないからやめて！　と懇願しながらも、結果的には彼女に犯される形やったかな」

「結局してるんやんけ！　あかん、勃起してきたわ」

「お前、電話中に勃起は失礼やぞ」

「あんた、ほんまに幸せ者やで。今の彼女を大事にしーや！」

「そ、そうかな。ありがとう」

「つきあってどれくらいやっけ？」

「次の十一月でまる三年かな」

「結婚とかは考えてへんの？」

「経済的に不安やねん」

「あんたな、経済的な問題やったらなんとでもなるって。幸せになれるかどうかは別の問題やぞ」

「うん、でも自分で決心するのは度胸がいるから、いっそ子供でもできちゃったほうがええんかなって思うときがあるよ」

「おま……子供って、もしかしてコンドームをつけてへんのかぁっ！」

「うん、彼女がつけないほうがいいって。いや、もちろんちゃんと外に出すよ。安全日以外は」

「俺なんか結婚してるというのに、生で性交したことないで。どちらかといえば俺、もともとはサドっ気が強かったはずなのに、ペニスともどもしぼんでいく感じがするわ」

「……いっそ、別れてしまったほうがいいのでは？」

「え、そんなん言うなよ！　愛はまだ残ってるで。仕事帰り、連絡せんと寄り道したら激怒してくれるもん！」

「そ、そうなんや……しっかし、性の悩みって意外と重要なんやな。そんなことで思い詰めてるとは思わんかった」

「テーマがテーマだけにな、誰にも相談できひん。アホくさ、の一言で話を終わらせる人もおるしな」

「性行為以外に不満はないの？」

「いろいろあるよ。小便のしかたとかで注意されるし、笑いの趣味も合わへんし、基本的に嫁には逆らえへんしな。尻に敷かれるどころか足拭きマットにされてるくらいやわ」

「今度、嫁さんに説教していい？」

「あいつ、人見知りしよるしなぁ……」

「まだしばらく家に嫁さんいないんやっけ？　近いうちに遊ぼうや」

「えーよ」

「次の次の日曜とかは？」

「あかん、さすがに嫁はん帰ってきよるわ。ていうか、次の日曜はあかんのかいな？」

「あいにく安全日なんだな」

「そっかぁ……安全日やったらしょうがないなぁ……って、安全日ぃっ！」

「うん、ずっと部屋で過ごす予定」

「さりげなく自慢に聞こえるわ。なぁ、ぜひお願いしたいんやけど、お前と彼女との性行為を撮影させてくれへんかな？　みんな、ごく普通にフェラチオしていることを嫁に証明したいねん！」

「え～っ、嫌やわ」

「撮影が駄目なんやったら、せめて……裁判のレポート風にデッサンさせてくれ！」

「そろそろ電話切るで」

「いやいや、マジに怒んなや！」

「そうじゃなくって、時計見たらもう三時。すでに一時間も話してるし電話代が恐ろしくなってきたわ……」

「もうそんな時間になるんか、電話代すまんな。今度、飯おごるわ」

「えーよ、君の悩み聞いてたらちょっと励みになったわ。ある部分では自分が幸せやってわかったし、なんとかやっていくよ。これから先、なにかと不安だらけやけど」

「不安だらけか……俺の場合は不安より不満が多いかな」

「まぁ、死にたくなっても死ぬのはやめといてや。自殺の理由が美人局にあったから、なんて誰も同情してくれへんから」

「それはそれでちょっと面白いやん」

「面白くても死んだら笑えへんしな。今度、援助交際で逮捕されたら爆笑してやるよ」

「わかった。ゆとりがあったら逮捕されてみるわ」

「ぜひ、逮捕されてくれや。そのまま書いたら短篇小説にもなるし」

「あ、お前……俺が電話でしゃべったこと小説に書くなよ？」

「大丈夫やって。小説にするほどじゃないって。せいぜいミクシィの日記程度にしかならんって」

「なら、ええけど……」

「じゃ、マジで眠いから電話切るで。明日、六時起きやねん」

「そっか、悪いな」

「じゃ、またメールちょうだい」

「わかった。彼女によろしく言うといてな」


電話は切れた。

携帯電話のバッテリーが減っていたので、充電器に差し込んだ。

一年、三百六十五日。そのたった一日。それにしてはいろいろなことが起きた。日常からかけ離れた夜だった。だが友人との電話で一気に日常に引き戻された。

友人との電話は楽しかった。嫁にも共有してもらいたい。どの部分を嫁に話そうかと思い返してみるが、そのほとんどが下ネタで嫁には話せない。

電話の最中は文化的なことを話していたつもりだった。しかし、よくよく考えてみれば、なんてくだらない内容だったんだ！

喉が渇いている。冷蔵庫に入っていた別料金のビールを取り出した。

ビールを喉に流し込む。心地よい脱力感。

俺はベッドに横になる。

一人で寝るには広すぎるベッドだった。
俺は笑っていた。
歯は磨かなかった。

四章

1

俺は異常性欲者となった。

すべてはあの夜、宮本との電話がきっかけだった。

あの電話のあと、しばらくは穏やかな気分でいられた。駄目男との会話は不思議な浄化作用があり、人生に対して肯定的にさえなれた。

だが、頭の片隅には宮本のたった一言が、棘のようにひっかかっていた。

「嫌がらないっていうより、わりと積極的というか、頼まなくても自然にフェラチオしてくれるかな」

体調がすぐれないときや、気分が落ち込んでいるとき、その声は大きくなり、時にはリフレインした。

「頼まなくても自然にフェラチオしてくれるかな」

「頼まなくても自然にフェラチオしてくれるかな」

「頼まなくても自然にフェラチオしてくれるかな」

無知のままでいたかった。自ら好き好んでフェラチオをしてくれる女がいるということを、俺は知りたくはなかった。

真の性欲が覚醒した俺はエロいことで頭がいっぱいになり、仕事でミスを乱発するようになった。思春期をとっくに通り越した三十三才のいい大人がだ。

オフィスではパソコンを九割がた仕事以外に使った。エロサイトを閲覧したり、無料サンプル動画をダウンロードしたり、そんなことばかりにだ。

エロサイトを見ていないときにでも、エロいことばかり考えて頻繁に勃起するようになった。オカズなしでの勃起。その勃起を他者に見破られないために

「いやー、なんか俺も年とったのかな？　冷房浴びてたら体調悪なるわぁ、でも外回りの連中が帰ってきたとき、冷えてへんかったら可愛そうやしな、我慢すんのも仕事仕事！」

などと嘘ぶり、ブランケットを膝というよりも、むしろ股間に乗せ、まわりの目を気にせずに堂々と気持ちよさそうなことを夢想し、快適な勃起ライフを満喫していた。

しかし、脳にまわるべき血液が下半身にまわってしまったせいだろうか、弊害があらわれた。仕事でイージーミスを乱発したのだ。書類を作成したときはもう一人の事務のオバはんと、たがいの書類にミスがないかを最終確認しあうのだが、数字の打ち間違いが続いた。偶然に重なったとは思えない。一週間で二十一カ所もの入力ミス。間違えた数字はなぜか3と8に集中していた。

おそらくこれはエロい無意識のせいだろう。3という数字は横に倒すとオッパイやお尻の形みたいだし、8という数字は横に倒すとブラジャーのように見える。おそるべし、エロ無意識。

そんなエロ無意識を克服するために、俺は仕事中に何度も自慰をするようになった。自慰のあとは少なくとも三十分ほどは惚けた状態になる。空の金玉がチャージされるまでは、エロスへの関心が極めて薄い〝無我の境地〟になる。その貴重な時間に素早く書類を作成するのだが、三十分後には半勃ちしていたりする。

そこでふたたび欲求を満たして、仕事を再開する。そのくりかえし。多いときは四回、五回と自慰することもあった。その時間分の給料を差し引いておいてもらえないだろうかと考えたこともある。

もっぱら会社での自慰はトイレですませた。当初は手ぶらでトイレに入り、妄想だけでフィニッシュに達しようとした。だが、いつもと違う非日常な空間で、緊張もあり断念してしまった。あらためて国会図書館のトイレで自慰をした友に脅威を感じる。

俺はトイレにオカズを持ち込むことにした。とはいえ「週刊プレイボーイ」や「FLASH」などを持ってトイレに行くのは不自然だ。だから俺はパソコンから自分の携帯電話に送ったエロい画像をオカズにした。嫁の寝静まったあとに堂々とする家での自慰とは違い、丸薬を齧り飢えをしのぐ忍者のようなストイックな気分になれた。

だが、そんなストイックな充実感もほんの一瞬。小さな液晶での自慰を強いられた俺は、大画面を渇望するようになった。

そしてチャンスはきた。

九月の第一週目の金曜日。会社内には俺一人だった。事務のオバはんは連休をとっている。営業の連中は出払っている。時間は昼飯直後。少なく見積もっても三時までは帰ってこない。

そこで俺は会議室にしのびこんだ。十二畳ほどのスペースに机が長方形にならんでいる。そして会議に必要不可欠なホワイトボード。俺は自宅から持ってきたＤＶＤ『山吹ちひろデビュー～女泣き、イカせます』をホワイトボードにうつし、自慰をすませた。

パイプ椅子が素肌の尻にひんやりとしたのを覚えている。

そして無我の境地に達した俺はふらふらと会議室を出て、その日はもう自慰をしなかった。

翌月曜日の夕方、営業連中がなにやら盛り上がっている。話を聞いてみると、会議中に社長がエロＤＶＤを再生してしまったらしい。それも他社の人間がいる前で。すぐさま傍にあった予定のＤＶＤを入れ、会議は無事に終わったらしいが、エロＤＶＤをしこんだ人間についてⅣが飛び交った。以前から対立していた副社長派の尖兵の仕業というのが定説になったらしい。

そのままにしておけば会社は混乱していただろう。だが、俺は社長に名乗り出た。正義感からではない。DVDは私物ではなくレンタルしたもので延滞料金が怖くなったのだ。

「あ〜、君だったのか、いーよいーよ」とあっけらかんに社長は笑った。そのときはこれで一件落着だろうと思った。

翌朝、社長がデスクの前に俺を呼び出した。まだ九時過ぎで社内には営業の連中もたくさん残っている。そんな中で社長は俺に向かって説教を始めた。

俺一人に向けて語り聞かせるというよりは、社員全員に聞かせる演説のように大きな声だった。岡本太郎の母の話や松下幸之助の格言などを引き合いに出したが、話は仕事中にマスターベーションをすることの弊害にいきついた。なんだか滑稽だった。マスターベーションという、会話ではまず使わない学術めいた単語が大声で何度も飛び出すものだから、ちょっと笑いそうになった。

俺は怒られているときに、怒られている顔を作るのが苦手だ。いい年した大人が人前で怒られているわけだから、自然と落ち込んだ顔になるのがベターだとは思う。だが、そうはならない。普段以上に自分自身を客観視してしまう。まるで幽体離脱でもしている感覚で、一メートル上空から怒られている自分を観察してしまう。困った状況にいるな、さぁ、俺はどうやってこの場をしのぐのでしょうか？　と、まるで他人事のように観察してしまうのだ。子供のころから目上の人を怒らせてしまうことの多かった、俺なりの自衛手段なのかもしれない。ただ、有効な手段ではなかった。怒っている人はヒートアップしていくのに、俺のほうは〝怒られている自分〟を第三者として認識しているから冷静そのもので、それがふてぶてしく見えるらしい。

怒気を含んだ口調になりつつも、社長はたとえ話を持ち出すのをやめない。坂本龍馬の言ったことや、古代中国の故事などをひっぱりだし、自分自身の言葉をぶつけてこない。俺には不思議でならなかった。どうして〝仕事中にオナニーすんな！　バカたれ！〟と簡潔に言えないのだろうか？

説教から解放された俺はその場で振り返り、舐めまわすように他の社員に視線を投げ掛ける。だが誰とも目があわない。明らかに説教は耳に入っていたはずなのに、俺にウィンクをする者も、からかいの眼差しを向ける者もいなかった。ただ黙々と仕事をしているフリをしていた。俺は怒鳴られたり、笑われたりしたかった。濃密なコミュニケーションを欲していた。なのに、白々しい寒々とした空気。俺は傷ついていた。さらし者になるのなら、せめてイベントとして楽しんでもらいたかった。

かつてない居心地の悪さを感じた俺は、その足で喫煙所の隣にある自動販売機に向かった。リアルゴールドを購入しようとしたが、つり銭が切れているのか千円札がはじき返されてしまう。千円札を財布に戻すとき、指が震えていた。そんな自分を認めたくはなかった。

そのまま会社を出て、駅前の漫画喫茶に入る。読みたい漫画もなかったので『ドラゴンボール』を流し読みする。漫画の中の世界と、俺をとりまく現実には、あまりに大きな隔たりがあった。

漫画の登場人物たちは強くなるためにハードな修行を重ねていたが、俺の場合はトイレでオナニーを重ねていた。ともに戦ってくれる仲間もいない。いるのは無駄話につきあってくれるオバはんくらいだ。そしてなにより地球侵略を狙う強大な敵もいなかった。しいて言えば社長に重圧をかけられたが、もとはといえば俺に否がある。

こんな俺に、友情・努力・勝利のつまった物語で手に汗握る資格はあるのだろうか。会社から逃げ出し、必要以上に冷房の効いた個室で、炭酸飲料をがぶ飲みし、靴下まで脱いでいる俺に、手に汗握る資格はあるのだろうか。

たぶん、ない。

だから俺はリクライニングシートを倒し、昼寝をした。

五時に漫画喫茶を出た俺は、いつもより早い電車で帰宅した。三十分早く家に帰ってきたのに、嫁はまったく気づかなかった。嫁の前で俺は普段どおりにふるまった。夕食のとき、唐突に嫁は「なんか最近、小型犬飼いたい」と言い出した。

「犬は……鳴いたり噛んだりするで」と俺はつぶやいた。

「鳴かへん犬って売ってないかな～？」

「いや、犬は基本的に鳴くやろ？　仕事みたいなもんやし」

俺はそう諭したが「めんどくさいのは嫌！」と嫁は不機嫌になった。

嫁が寝室に行ってから、俺は一人で書類を作成していた。会社内で自慰行為するようになってからは、嫁に拒まれてもすぐにあきらめがつくようになった。以前ならしつこくつめよっていたが、眠そうに手を払いのけられるだけで、一人ですればいいやと割り切れるようになってしまったのだ。自慰行為はある意味、自給自足ともいえる。もっとも、なにも生みだしはしない。

翌朝、俺は辞表を握りしめて社長のデスクの前に立った。夜中の二時まで文面を考えぬいたが、結局形式張った堅苦しい世辞はすべてやめ、ただ一言「やめさしてもらうわ」とだけ書いておいた。

辞表を社長の机に勢いよくバンと叩きつける。勢いあまって右手が少し痛かった。他の社員たちの視線を感じる。上司相手でも臆さない俺は、ちょっとしたヒーロー気分だ。

社長は少し動揺していた。俺は辞表に書いたように「この会社、やめさしてもらいますわ」とハッキリした口調で社長に辞意を伝えた。

社長はまるで初めて大海を目にする子供みたいにきょとんとした表情をした。

「ほんま、昨日はもう、ビックリしましたわ。もう、やめさしてもらいますわ！」

「おいおいおい、ちょっと待ってくれよ」

社長はひそひそと声を出す。

「ん〜、まいったな〜。そこをなんとか頑張ってくれないかね〜」

「あんな屈辱ないですわ！　みんなの前であやまってほしいくらいですよ！」

「すまん。みんなの前で辱めて悪かった。あれは責任ある者のやることではなかった。これからはもう、トイレだろうが会議室だろうが駐車場だろうが、好きなところで自由にマスターベーションしていいから」

「いやいや！　会社でそんなことしませんから！　というかしてないですよ！　一回たりともしたことないですからね！」

「そうだね。君はマスターベーションしていない。もちろん信じるよ」

「まったく……これからどんな顔して社内を歩いたらええんですか……」

「あ、あぁ……それは社員一人一人に言い聞かせておくよ。なるべく自然に、以前と同じように接するように約束しておくよ」

会社にとって俺の存在が必要不可欠なのではなく、募集をかけたり面接したりがめんどくさいだけなのは明らかだ。「柔よく剛を制す」の言葉のように、うまくなだめすかされてしまった。

だが、俺よ。会社に残ることができてホッとしていないか？

いいや、モヤッとしている。

会社に混乱をもたらしたのも、ひとえに俺の抑圧され、ねじ曲がった性欲が原因なのだ。これ以上、ごまかし続けるわけにはいかない。俺はまっすぐむきあう必要がある。嫁に。嫁との性生活に。


テレビをつまらなそうに見ている嫁。俺は大事な告白をするタイミングを見計らっていた。パソコンをいじりながら、横目でチラチラと嫁を見やった。

嫁のほうから「どうしたん？　今日のあんた、無口やん？　会社でなんかあった？」と身を案じてくれれば、そのときがチャンスだ。夕食のときは露骨にため息をついてみたり、夕食を少し残してみたりと伏線もはっておいた。だが嫁はまるで無関心だ。俺にも、そしてテレビにも。

タイミングを見計らうあまりに、機をのがしてしまうこともある。まだ十時だというのに「だる。ねむ」とだけ口にし、嫁は寝室に行ってしまった。

このままでは嫁は寝てしまう。明日になれば俺の決意も鈍ってしまうだろう。いま、思いのたけを嫁に伝えなければ、また同じことのくりかえしだ。

俺は鞄の中から辞表を取り出し、寝室のドアを勢いよく開けた。

2

月明かり。日中はまだ三〇℃を越えているというのに、早くも秋の虫が鳴いている。

「あのな、大事な話があんねん」

「……ん」

「俺、今日こそは言おうと思ってな。聞いてる？　起きてるけ？」

嫁の反応が鈍い。俺は部屋の電気をつけた。

「眩しい」

嫁が掛け布団を引き上げ、顔を隠そうとするのをとめる。首を横に振り、真剣な顔をし、ゆっくりと言う。

「あのな、大事な話やねん。これを見てくれ」

俺は〝辞表〟と書かれた封筒を枕元にそっと置く。嫁は封筒の中身を取り出し、「やめさせてもらうわ……なにこれ！」とふきだした。俺はあくまで深刻そうな顔をくずさない。嫁は二、三秒笑っていたが急に真顔になり、

「え？　どういう意味？　離婚？」

「ちゃうちゃう！　ちゃうで！　そやなくて辞表やねん。今日、会社につきつけてん！」

嫁の曲解に俺は慌てふためいた。

「うそ……会社辞めるの？」

「今、ここにあるやろ？　手元にあるということは会社は受け取らんかったってことやん」

「なーんや。心配して損した」

再び嫁は布団にもぐろうとする。

「ちょとちょとちょとちょと！」

俺は掛け布団をはぎ取り、ベッドの下に落とす。嫁と目があった俺は泣きそうになった。

「それだけなん？　ちゃうやろ？　もっとこう、俺のことに興味持ってくれよ！」

「めんどくさい人やなぁ、言いたいことがあるんやったらハッキリと言いーや」

「君はいつも自分のことばっかやな。俺の苦しさも想像してくれよ！　辞表提出してんで！」

「え〜、しんどいこと想像するの嫌やな〜」

「そんなん言わんと考えてくれや！　さて問題、夫はなぜ辞表を提出したのでしょうか？　カッチコッチ……」

「クイズなんかい！　正解したらなんかくれるの？」

「ん〜と、じゃあディズニーランドに連れてくわ」

嫁は寝ていた体を起こし、ベッドに腰掛けた。俺もその隣に座る。寄り添うのはずいぶんとひさしぶりだ。

「じゃ、職場の人間関係。ほら、関西弁やから職場の中で浮いてしまったとか？」

「ブブ〜ッ！　人間関係は良くもないけど悪くもないな。よし、ヒント。とある事件が原因やな」

「事件？　あんた悪いことしてへんやろな？　会社の金をちょろまかしたりとかしてへんやろな？」

「ブブ〜ッ！　してません」

「あかん、降参やわ。全然わからへんわ。教えて」

「正解は、仕事中にオナニーしていたのを社長からみんなにバラされたのが原因で〜す！」

勢い良く右手をあげ、アヒル口でおどけてみるも、嫁は喜怒哀楽のわからない微妙な顔でフリーズした。

「……そ、そ、そんなもんわかるか！」

「君は俺のことをなんにもわかってへん。わかってくれようともせーへんよな」

嫁はそそっと俺から一メートルほど離れた。

「い、今のでようわかったわ。ただの変態やわ」

嫁は思った以上に引いてしまった。ここはなんとしても、たとえ詭弁を使っても、信頼を回復しなければならない。

「なぁ……たとえばやな。俺たちはいつも家で寝る。そうやな？」

「寝るよ。なにが言いたいん？」

「それは別に変態ではないわな。じゃあ会社で寝るとどうなる？」

「そりゃ……居眠りするなと怒られる？」

「そう。そしてそれは変態ではないわな。じゃあこれはどうだろう？　俺は家でオナニーをしている。それをたまたま会社でしてしまっただけのことや。そりゃ、怒られはするさ。けど、断じて！　変態などではない！」

「ごめん、あんたの言うてること無茶苦茶やわ。会社でオナニーっていうのがありえへんわ」

「たとえ、会社には誰も人がいなくて、かぎりなく……わが家に近いリラックスできる状態だったとしてもか？」

「仕事中ってのがありえへんわ。ないない！」

手でしっしと追い払う仕草をする嫁。

「じゃあさ、百歩ゆずって俺が変態なことは認めよう。けどな、その変態を育て上げたんは誰やと思ってる？　君が……四ヶ月以上もやらせてくれへんから一人で処理してしまうわけやん？　そもそも変態の頭文字からエッチという言葉が生まれたというのに、変態呼ばわりされてる俺が、エッチしてないとはどういうことやねん！」

嫁は黙って聞いている。一気にたたみかけるチャンス。

「四ヶ月って！　四ヶ月も便秘が続いたら相当な苦しみやんな？　手術を要するくらいに！　俺も同じくらい苦しいんだ。そんな俺に誰がした？　それは……君や！」

俺は立ち上がり、嫁に向かって人差し指を突きつけた。

「え……そんなん言われても。ここんとこあつさで疲れてたし……ほんまに、する気が起きひんかってんもん」

いつも強気な嫁の声がかぼそく、囁くようになってきた。いける！　ひさしぶりに嫁を言い負かすことができる。

「ほんまにする気が起きなかったなんて、よくもぬけぬけと！　可愛い嫁が隣で寝ているのを見て悶々としていたというのに！　君がそんなだからなぁ、俺はこないだ！　君がいないあいだにデリヘルまで呼んでしまったよ！」

だんだんと残虐な気分になり、デリヘルのことまでカミングアウトしてしまった。好きな女性の前でアナル・ファックの話をした宮本のことも笑えない。

だが、嫁の反応はいたって淡白なものだった。「デリヘルってなに？」と言うのだ。

「デリヘルっていうのは、デリバリーヘルスの略ね。デリバリーってのは出前で、ヘルスってのは直訳すると健康やけど、ようするに裸で気持ちいいことしてくれんねん」

「なにそれ？　風俗の一種やんか？」

「そやな、平たく言うと風俗に当てはまるな」

嫁は両手で顔を覆い、首を左右にぶるんぶるんと振った。

「あ〜、混乱してきたわ。じゃあ、つまり、浮気したってこと？」

俺を見上げる嫁の瞳は白目の部分が多くてドキリとした。

「浮気？　ちゃうちゃう！　浮気とちゃうんちゃう？　それはまぁ……オナニーの手伝い

をしてもらっただけで、挿入はしてへんわけやし、浮気では……。それに、俺がグッとくる女は、抱きたいと思う女は世界の中でお前だけやで！」

プロポーズしたとき以上の大告白。世界の中でお前だけ……だなんてなかなか恥ずかしくて言えたもんじゃない。でも思い切って言ってみると、そこまで恥ずかしくはなかった。

「俺がグッとくる女は世界の中でお前だけやでっ！」

もう一度言ってみた。

嫁の反応はない。

「あの……聞こえてるけ？」

嫁の肩に手をおく。

「汚い手で触らんといてよ！」

凄い勢いで手を払いのけられた。

「最低、最低、最低やな。なにが世界の中でお前だけやねん！　他の女に気持ちええことしてもうてるくせに！」

嫁は布団の中にうずくまってしまった。俺が嫁に期待していたのは「もう、そんなお店に行ったらあかんよ～、よしよし」と優しく接してもらい、あわよくばエッチへともつれこむことだった。が、これではまるで逆効果じゃないか！

どうしよう。

考えてる場合じゃない！

黙っているあいだに嫁の機嫌は悪化していく。

なんでもいい！　とにかく口を動かさなければ……。

「お、おい。そんな怒るなって。たいしたことじゃないねん。あ〜、も〜、わかってくれへんかなぁ……そや！　昨日、小型犬飼いたいって言うてたやん。覚えてるよな？　あるところにな、クゥちゃんって飼い犬がいてん。犬って淋しんぼうやろ？　だからご主人様にシャンプーされるのが好きやってん。ここまではわかるよな？　感情移入できるよな？　でもな、こっからやで！　こっからが悲劇の始まりやねん！　ご主人様はパチスロにのめり込むようになって、クゥちゃんの世話をダルがるようになるねん！　ほら！　想像してみ。ほら！　無責任な飼い主！　シャンプーしてもらえへんクゥちゃんには、ノミやダニが大量に涌いて、体がかゆくてたまらないねん！　自慢の毛並みもボロボロのクゥちゃん！　このままではご主人様に捨てられてしまう！　だからクゥちゃんは、しかたがなくデリヘルを呼んでシャンプーを……」

「クゥちゃんはデリヘルなんか呼びません！」

きっぱりとした口調で打ち消されてしまった。

「いや、そうじゃなくて……察してくれよ。この場合はクゥちゃんが俺で、ご主人が君なわけや。その状況でクゥちゃんが他の人にシャンプーしてもらったとして、ご主人にそれを怒る権利はあるんか？　いや、ない！」

「シャンプーとデリヘルじゃ全然違うと思うけど……」

「今は俺のことはどうでもええねん！　クゥちゃんの話をしてるんやんけ！　ご主人がシャンプーしてくれへん可愛そうなクゥちゃん！　そんなクゥちゃんに通りすがりのアニマル浜口がシャンプーしてくれてん！　それを浮気やと責めることはできるのか？」

「そんなん……」

「そんなん……なんやねん？　ハッキリ言うてくれよ」

「そんなんクゥちゃんがシャンプーのやり方覚えて、自分一人でシャンプーしたらすむことちゃうん？」

一瞬、なにが起こったのかわからなかった。

まるで事故だった。光と闇が反転した。どれだけ言葉で説明しても、嫁の心には響かないのかもしれない。

「一人は……一人はもう……一人でするのはもう耐えられないんだよ～」

情けない声が出てしまった。最後、声が裏返った。そこで嫁も一瞬吹き出したが、俺と目があうとすぐに恐い顔に戻った。

「え？　今、一瞬笑ったよな？」

嫁は首を横に振る。

「なぁ……俺のこと、ちょっとは可哀想やと思うやろ？」

「可哀想っていうよりは、哀れな人やと思うけどな」

「じゃあ、頼むよ。一緒に寝てくれよ。いや、そういう意味の寝るではなく、夫婦として自然な営みをやね……」

「言葉で言われてもなぁ、ムードってもんがあるやろ？　今夜はそんな気分にはなられへんわ。とても」

嫁には俺の言葉が通用しなかった。女は論理より感情の生き物だ。ならば、強引に押しの一手しかない。己の思いのたけを態度でぶつけてみるのだ！

「お願いします！　やらしてください！」

俺は生まれて初めての土下座をした。絨毯に額をつけるにとどまらず、ぐりぐりと額をめりこませた。

「もうえーよ。やりたいねんやったら、勝手にやったらえーやん。うち、寝てるから」

ついに嫁が根負けした。というより、たんに眠くなって俺と会話するのが煩わしくなったのかもしれない。

それに、俺を試している可能性もある。もし無理矢理手を出したら即刻、離婚を言い渡されるのではないだろうか？

嫁は俺に背中を向け、枕を顔に押しつけて眠ろうとしている。試しに背骨のラインを指先でなぞってみるが、嫁はぴくりともしない。

なんだか馬鹿にされている気分だ。あきらめようかと思ったが、嫁の許可はいちおう出ている。男として、夫として、たまには強引にいこうじゃないか。

俺は嫁のズボンとパンツを同時に引きずり下ろした。久しぶりに見る嫁の尻。明るみで見たことはほとんどない。うつぶせに寝そべってて下半身だけ露出しているのはなんだか間が抜けていてあまり興奮しなかった。

そこで、嫁の腹の下に手を入れ、多少強引に裏返してみた。う～ん、と嫌そうに唸り、右腕で目を隠す嫁。少し淡い嫁の陰毛に俺は興奮した。下半身だけが剥き出しになっているのもなんだか悪いことをしているみたいだ。本来、きちんと服をすべて脱いでからするものなのに、なんて行儀の悪い。あくまで寝たフリを続ける嫁の陰部にフーフーと息を吹きかけてみる。嫁はなんにも反応しない。

俺はなにをやってるんだろう。

指で触ってみるが濡れてもいない。人差し指の第一関節まで入れてみるが濡れていない。俺はほとんど死体相手になにをやってるんだろうか。

好意的な反応を示してくれない。起きて口を利いてるときですらそうだ。だんだんと怒りが湧いてくる。この女で本当に良かったのか？　にもかかわらず淡い陰毛相手に俺はぎんぎんに勃起していた。

俺自身もまた下半身を剥き出しにし、嫁の両足を広げる。ペニスの根本をつかんで押し込もうとするが、無理に入れようとすると痛い。手の平に唾を吐き出し、嫁の股間にこすりつけてから入れてみようとするも、中が乾いていて摩擦でこすれて痛い。

やはりここはマニュアル通りにキスから始まり、オッパイ舐め、股間いじりときて挿入すべきなのだろうか？　だが、キスしようとして嫁に決定的に拒まれるのが怖い。嫁は協力的ではないが、無抵抗だ。選択を与えず一気にクライマックスに突入するほうがベターだろう。

「すまん、ちょ、ちょ、ちょっと待ってて、そのままで。一分で戻るし」

俺は自室に戻り、デスクの鍵を開け、引き出しの奥にしまわれたローションの瓶を取り出した。一人遊びのときにオナホールの潤滑用に使ったローションである。

急いで寝室に戻るものの、嫁は両足を閉じ、横向きになっていた。待ってくれと言ったのに、寝る気まんまんではないか！

肩をつかんでふたたび仰向けにする。両足を広げ、膝を立たせる。眩しそうに腕で目を塞いでいる嫁。感情を押し殺し、人形を演じる嫁。とても夜の営みとはかけ離れている。

俺はおもむろにローションのフタを開け、己の右手にぶちまける。指の隙間からしたたる半透明の液体。右手に向かってコーッと温かい息をふきかけ、氣を注入する。そしてその右手を嫁の股間に叩きつける。

ローションがひんやりしたのか、一瞬、嫁の尻が浮く。手の平を嫁の股間にあてたまま、時計回りに五周まわす。そして手に残ったローションを拭き取るようにペニスにすりこむ。そこではたと気づく。

どうしよう。コンドームを持ってくるのを忘れてしまった。だが、ここで隣の部屋に戻るとリズムが狂う。探しているあいだにペニスは萎え、ふたたび嫁の両足は閉じられ、最悪の場合、電気まで消されているかもしれない。

ええい、ままよ！

俺はそのまま嫁の膣口に押しあて、一気にずりゅりと押し込んだ。

ゴム一枚の隔たりもなく、嫁の中に俺はいる。さっきまで他人同士だった二人が、一つになっている。手と手をつなぐというレベルでなく、もっと深いところでつながっている。

嫁の体内が脈打つのを感じる。感触だけではない。間近で見る嫁の睫毛、髪のにおい、汗の味、そしてこぼれる吐息。五感すべてで嫁に浸っている。

嫁の両手首をつかみ、広げる。まるで漢字の〝火〟のような形になった嫁は薄目で俺を見ている。少し怯えているようにも見える。嫁の指と俺の指をすべてからませ、がっちりと握りあわせる。そして俺は思いっきり、腰を振り始めた。

生ですること。それは生きとし生けるものの、基本中の基本であることを思い出した。命を生きて、命を生む。それをくりかえすことが生命そのもの。

余計なものが増えすぎた。机に向かって数字や文字をこねくり回す日々、ブックマーク登録されたサイトの数々。毎日のように生み出されては忘れ去られていくクイズ番組の珍解答、物語の世界で増え続けていく膨大な殺人事件の数々、出会い系サイトの迷惑メール、年金、保険、新種の詐欺の手口とその対策、その他もろもろ。

世界の価値観は瞬く間に更新されていく。神様だけを信仰していればよかったものが複雑になりすぎた。世の中で必要なものと不要なものと選り分けると、ほとんどのものが不要なんじゃないか。そこには他人の命だけでなく、自分の命さえも含まれている。自分が生きている意義さえ見出せないのに、わざわざ子供を作り、暗い世界に巻き込んでしまうことに後ろめたさがあった。生に対してネガティブな感情ばかり抱いていた。

だが……「わがままでいいんだ」

生きている実感。孤独ではない、と頭ではなく全身で理解できる。おおよそ〝死〟という概念に対抗できる唯一の方法。それが、生で性交することなんだ。

尻のあたりがキュッとなる。早くもイキそうだ。せっかくの四ヶ月ぶりの性交。このままイクのはもったいなくないか？　体位などを変えてさらに満喫すべきなのではないか？　計算をするな。生というダイナミックなうねりの中でクライマックスをむかえろ！　明るい家族計画？　そんなもん知るか！　賢く生きようとするから、迷い苦しむんだ。もっとシンプルな高みへと連れていってくれ！

結果、俺は中出しをした。

雄としての本懐をとげ、このまま死んでもいい。いや、死んでしまいたいという充実感に浸されたのもつかのま。射精後特有の罪悪感が押し寄せてきた。

あかん……嫁に無許可で中出ししてしまった。怒られる。下手したら離婚かも……俺は嫁からそっと離れた。嫁は肩でぜいぜいと息をしている。腹や胸が荒い呼吸で上下している。嫁は睨むように俺を見ている。

「あんた……」

「な、なんですか？」

「あんた、さっき鬼のような形相やったで。エッチのとき、あんな顔できるんやな。荒々しくて、めちゃめちゃ興奮したわ。びっくりした～」

なんだかよくはわからないが……よかったそうだ。

嫁の横に寄り添い、天井を見上げると眩しかったので、電気を豆球だけにした。

「順番、逆やん」

嫁は笑った。

「そやな、これも忘れてたわ」

俺は嫁にキスをしてみた。軽く舌をさしこむつもりが、嫁のほうから舌を入れ返してきて、歯茎の裏まで舐め回された。そしてそのまま俺の上にのしかかってきた。

なんかこれってアダルトビデオみたい。

そうは思うものの「ごめん、まだ回復してへんから無理」と嫁にはどいてもらった。

3

「なんか不思議やなぁ」

俺は嫁の手を握った。

「なにが？」と嫁。

「だってさ、真っ裸で他人と密着してるんやで。考えてみたらとんでもないことしてへん？普通、どんだけ仲良くてもありえへんやん？」

「他人とちゃうやん。いちおう夫婦やん」嫁は俺の手の甲をつねる。

「そやけどさ、もともとは他人なわけやん？　結婚する前はさ。んで他人の体をベタベタ触ったりとかありえへんやんか？」

「ないなぁ……男やったらぶっ飛ばしてるなぁ」

「しいて例外をあげるなら、プロレスラーくらいちゃうか？　半裸で他人の肌をペタペタ触ってんの」

「やめてよ、気持ち悪い表現」

　せっかく甘い雰囲気だったのに、それを壊す発言をしてしまう。そんな自分を反省しよう。

「でもいったい、いつから他人を触れなくなるんやろ？」

　一人言のように嫁がつぶやいた。

「ん？」

「子供のころってさぁ、お父さんにオンブしてもらったりするやん。今やと臭いし、気持ち悪いし無理やん？　それとか中学生くらいやとさぁ、仲いい子同士がおっぱい揉みあってたりとかさ」

宮本が薦めてくれた『アブナイ!! Tバック学園の大暴走』というDVDを思い出してしまった。

「たしかに、中二くらいまでなら、いきなりチンコ触ってくるやつ同級生でおったわ」

「え？ その人、ホモではなく？」

「うん、もっとも三十越えた今となっては、そんなことされたらゲイ確定やろな……なんで十代ってやたらじゃれあってるんやろ？ 肩組んで頭グリグリしたりとか男子中学生でよく見るよな」

さらにさかのぼると幼いころは誰とでも仲良くなれた。知らない子供たちのドッヂボールの輪に簡単に入れてもらうことができた。なのにいつしか他人とのあいだに、だんだんと距離を置くようになった。

「ほら、凄いと思わへん、俺ら。おたがいのテリトリー、完璧に無視してるで」

そう言って俺は嫁の胸に手を置く。

「ほんま、アホやな、あんたは」

その上に嫁の手がそっと重なる。

「……なぁ、前から聞きたかったたんやけどさ。うちのことを初めていいなって思えたんはいつなん？」

「初めて会ったコンパのときやな。四人いた女の子の中で君が一番可愛かったし」

「ん～、それだけなん？　なんかビビッときた瞬間とかないんかいな？」

「ビビッときた瞬間なぁ……そやなぁ、コンパのとき、俺、君に趣味聞いたやろ？」

「え、そやっけ？　覚えてへんわ」

「そのとき君は、趣味は庭いじりと答えたんや」

「……え？　なにそれ？　なんでそこにビビッとくるんよ」

「ガーデニングという言葉があるのに、あえて庭いじりと呼ぶところに気概を感じてん、サバサバした実直な人やと好感を持ってん」

嫁は低音で唸った。

「そんなつもりで言うたんやなかってんけどな。ガーデニングって言葉がパッと出なかっただけやろし」

「ま、そこは結果オーライってことでええやん。それより趣味奪ってすまんな」

「え、なんで？」

「だって今住んでるところ庭もないし」

「都内に住んでるねんもん。それはしゃあないわ」

「それだけやないしな。仕事からも、家族からも、親しい友達からも、みんなから引き離してしもたしな」

「そんなのはええねん。どれも一日で失う可能性があるもんやんか。結婚して上京するのはうちが選んだ道でもあるしな。それに……」

「それに？」

「あんたとおるの、そこそこ面白いし退屈はせーへんよ」

俺は大きなため息をついた。

「そーゆーふうにはとても見えへんねんなぁ」

「うち、顔に表情出えへんからな。そこんとこ組みとってーや」

「言葉で言うてくれ。君はいつも悪態ばかりついてるからな」

「……愛してるとか言わなあかんの？　それは照れるわ。あんたのほうから言うてーや」

「俺も無理やわ。大麻でも吸わんととても言われへん」

「なんで愛してるがよう言われへんのよ。古い日本人かいな」

「……じゃあ愛してる」

「じゃあってなんやねん！　ほな、こっちも愛してるわ」

「……ちゃんと言えたな、俺ら」

「うん、もうしばらくは言わへんやろけどな」

「言ったついでにもう一つ言いたいこと、いやさ、頼みたいことがあるんやけど」

「なに？」

「回復してきたんでぇ、できうるならばフェラチオをしてもらいたいんやけど……」

「愛してるが台無しやな！　またそれか。そればっかやな、あんた」

「ちなみにシンガポールでは、つい最近まで法律で禁止されてたらしいわ」

仕事中にウィキペディアでフェラチオを検索してみて、そんな思わぬ情報を知った。俺としては、誰がどのような理由でそんな法律を作ったのか、その経緯が気になる。

「頼むわ。今、このタイミングでしてもらえへんかったらずっと無理な気がする。フェラチオをしても罰せられない自由な時代を、自由なニッポンを噛みしめようやないか！　あ、噛んだらあかんけど」

そう言って、俺は自分のペニスを嫁に握らせた。

「あ～、どうしてもやらなあかんの～？」

どうしてもという言葉に俺は少し迷った。

「いや、どうしてもやないな。定食についてるお新香みたいなもんで、なければちょっと淋しいけど、ないのならないでそれはそれで気にはならへんよ」
そーなんやー、ないならないでえーんかー、それやったら、えーと……嫁は口の中でぼそぼそとなにかをつぶやいたかと思うと
「善処してみるわ」
と俺のモノを口に含んだ。

エピローグ

四ヶ月半にもおよぶセックスレス夫婦としての問題はこうして解決された。

だが、恋愛映画とは違って夫婦生活はエンドレス。ハッピーエンドでまとまってはくれない。一つ問題が片付いても、また新たな問題が起こる。

あの夜を境に嫁は豹変した。あれだけ性交をめんどくさがっていた嫁が、ほぼ毎晩求めてくるようになったのだ。自分としては週三くらいのペースが理想なのだが、以前のセックスレス地獄を思えばどうということはない。

円満な性生活。なにも問題はない。

そう思えたはずなのに。

元来、凝り性である嫁は性交にさらなる高みを追求するようになった。

「現状で満足していたらあかんねん。人は成長していかんとな」

そう言って、セックス指南書をネット通販で買い漁るようになった。

「乱暴なだけのセックスってすぐに飽きるよね。人は動物とは違うんやからさ。はい、あんたも勉強しといてね」

受け取った指南書には、いたるところに赤ペンでアンダーラインが引かれていた。まるで試験前の学生の気分だ。

そして嫁は、俺にとって厳しい家庭教師だった。

前戯は最低でも三十分、それが嫁の口癖だった。結合に至るまでには正しい順序があり、キスもそこそこに女性器に触れようものなら「その前に胸やろ！　五ポイント減点！」と怒鳴られる。胸をさわるときは平仮名の〝の〟の字を描くようにゆっくりなぞる……など注文も細かい。さながらマナー教室のようになっていった。

俺は嫁に問いかけた。

「前に君はさぁ、わざとらしい笑いが嫌いやと言うたやん？」

「うん、そのとおりやけど、なに？」

「ここ最近の、ああしろこうしろと指示の細かいセックスは、かなりわざとらしい部類やと思うねんけど。自然なのが好きなら、オールアドリブでかまわないんやないか？」

嫁は鼻で笑った。

「アホやなぁ、笑いとエッチはぜんぜん別物やん！」

とりつくしまがない。そして枕元で本を広げ、そのあとに試してみる体位を選んでいるのだ。ムードもなにもない。

「今日は足巻きつけ脚屈抱え正常位、しゃがみ背面座位を試してみたい！」

そんなふうに言われると、愛する伴侶ではなく、セックスのできる肉人形のように見られてるのではないかなと思う。だが、ことが終わったあとに「今回は九十二点！　ちゃんと工夫できてたね！　よちよち！」と頭を撫でられたりすると、次もまた褒められるように頑張ろうと思ってしまう。逆に七十点以下の評価を受けたときは死ぬほど落ち込んだ。が、熱しやすく冷めやすい嫁の性格。本に載っていた愛撫方法や体位を一通りこなし終えると、クリアーし終えたテレビゲームのように、セックスに対する執着を嫁はなくしてしまった。俺のほうも採点されることに恐れがあったので、嫁に手を伸ばさなくなった。

ふたたび長いセックスレス期間に突入するかと思った。だがコートを羽織る寒い季節になると、ベッドの中でも自然と身を寄せあうようになる。そしてたがいに体をまさぐりあっているうちに気分は高まり、段取りのないオールアドリブのセックスが始まるのであった。

こうしてゼロと過剰の期間を乗り越え、平均的な新婚生活を手に入れることができた。

※

ある夜、ベッドの中で身を寄せあっていると、唐突に嫁が言った。

「あのさ〜、実は生理が一週間ほど遅れてるねん。どう思う〜？」

「え？　それって、もしかして……おめでた？」

つい出た言葉に俺は激しく動揺した。

「え～、ほんまに～？　日にち間違ってない？　だって中出ししてへんし、気ぃつけてたやん？」

「コンドームが見つからへんで、生でしたこと二回ほどあったやん？　そのとき、ちょびっと漏れてたんちゃうん？」

ほんの少量漏れていたとして、そんな簡単に妊娠したりするものだろうか？　だが、少量漏れた精子の中にドラゴンボールの主人公みたいに恐ろしく強い精子がいたとしたら？　たった一匹で子宮内にはりめぐらされたトラップを突破していき、卵子に向かって突進していく姿が脳裏に浮かぶ。

「で、さっき、おっぱい揉んでたけど、今夜はせえへんの？」

意地悪な口調で嫁が聞いた。

「う、うん。今夜はやめとくわ」

「………」

「……ど、どしてん？　なんか言うてくれよ」

「アホやな～、今さらやめたって、できたものはもう遅いって～。結果は結果や～ん」

「それはわかるけど、気分としてやな……どうもそんな気には……」

結婚前ではなく、すでに結婚しているのだから〝できちゃった〟ではなく〝おめでた〟のはずだ。なのに心臓の鼓動は速くなっていく。

「あんたって本当に想像力のない人やな〜。意図的に中出しせんかったら子供できるなんて思ってなかったやろ〜。子供嫌いなくせに子供を作る行為だけは好きやもんな〜、男って〜」

子供は嫌いだけど、作る行為は大好き。

たしかにそれは滑稽に思えた。結果を否定し、過程だけを楽しむなんて、自然に反した無責任な行いにも思えた。

違う！

「そうじゃないねん！　ビビってるわけじゃないねん！　そういうことと違うねん！　人の命が一つ生まれるねん！　それがどれだけ感動的なことか！　そしてまた残酷なことか！　ああ！　もう、なに言うてるねん俺！」

論理がまとまらないで声を荒げてしまった。

「まだできたわけちゃうやろ〜。そのときはそのときで前向きに考えたらえ〜やん」

嫁のこの落ち着きに共感できない。家族が一人増える。それは大変なことだ。生活様式が大きく変わる。俺は夫であると同時に父に、彼女は嫁であると同時に母に。

嫁はすでに俺の隣で寝息をたてている。彼女は案外、教育ママになりそうだ。小学校から私立に入れようとするかもしれない。その場合、いくらお金がかかるのだろう？　今のところは俺の給料に加えてネットオークションの収入でうるおってはいるが、もし会社が倒産してしまったら俺は前向きに就職活動できるのだろうか……。

弱い。俺は弱い。できるのだろうか、じゃなくて、やらなければならない。昔の人は六人、七人とばんばん子供を作っていたのに、一人できただけでこんなに動揺するなんて。性に対してポジティブだが、生に対してはネガティブだ。子は授かり物というが、確かにそうだ。偶発的に〝できちゃった〟というかたちでなければ、俺も嫁も積極的に子供を作る気にはならなかったと思う。だとすれば、これは運命だ。よしとしよう。停滞していた人生を強引に押し進めてくれたことを、神に感謝しよう。不安を押しのけ、いいや、不安とまっすぐに向きあった俺はやっと眠りにつくことができた。

翌日の仕事中、俺は生まれてくる子供に思いを馳せていた。

生まれてくるのは男の子だろうか？　女の子だろうか？　断然、俺は娘を希望する。息子は嫌だ。キャッチボールをするのがめんどくさいし、父親の身長を越えるころには急に態度がでかくなったりするかもしれない。ギリシャ神話でも、父親が息子に殺される事例はベタなくらいにたくさんあるし。娘がいい。娘なら安全だ！

帰りの電車で読みかけの伊坂幸太郎を読もうとするも、まったく頭に入ってこない。本を閉じると制服を着た小学生の女の子が目に入る。俺は思う。あれくらいの年ごろはまだ世界がせまく、パパに対し、家族に対し、盲目的な安心感をよせているのだろう。きっと、将来はパパのお嫁さんになるとか言うのだ。一番可愛い時期だ。俺も娘のことを愛している。

座席が空いた。俺は深く腰掛け、目を閉じる。規則的な電車の揺れが心地よい。

やがて娘は中学生になる。そのころはもう一緒にお風呂は入らなくなっているだろう。それどころか、パパの洗濯物と一緒に洗わないでよ！　なんてことを言うかもしれない。

高校生、めっきり大人っぽくなる。制服のスカートが短く、男親としては心配だ。痴漢に狙われたらどうするんだ！　と怒鳴り、逆に「パパ、じろじろ見すぎ。不潔」と言い返されるのだろう。

大学生、どうやら彼氏ができたらしいと嫁から聞く。悪い虫がつかないか父としては心配だ。一度その人にご飯を食べにきてもらいなさい。娘は渋々ながらも彼氏を連れてくる。エグザイルみたいな若者だったらどうしようと心配するが、草食系男子でホッとする。半年後、娘は別れてしまい、ご飯も喉を通らないほどの落ち込みようだが、俺は娘の部屋をノックしないで、あえて放置する。いつまでも子供でいられない。淋しいことだが、彼女もう一人の大人だ。もはや俺にできることはそっと見守ってやることとだけだ。

そして娘は幾人かの恋愛遍歴を経て、二十七才で結婚する。ウエディングドレスをまとった娘の姿は、俺と結婚したときの嫁にそっくりだった。いや、嫁そのものと言っていいくらいだった。さて、新郎はどんな顔をしている？　愛する娘をとられた父親としては、一発ぶん殴らなければ気がすまない。憎き新郎はどんな顔をしている？

俺は新郎の肩に手をかけ、振り向かせた。

そこにあったのは俺自身の顔だった。

そのとき、俺は初めて親の気持ちが理解できた。子供ができ、その子供が親になる。それは人類の歴史の中で何百回、何千回、何万回とくりかえされてきたことだった。感動的でありながらも、取るに足らない当たり前のこと。そう思うことで俺は勇気づけられた。

そして夢から覚めた俺は、地下鉄の車両で号泣していた。まわりの乗客たちは視線を外しながらも、俺のことをチラチラと見ている。なんだか車両にいる人たち全員と握手してまわりたい気分だった。

俺は偉業をなしとげたわけでも、何者かになれたわけでもない。おそらくこれからだってそうだ。だが、こんな俺でも親になることができた。

子供には有名にもお金持ちにもなってほしいとも思わない。ただ、人に迷惑をかけずにささやかに生きてくれればいい。それだけでいいのだ。間違いはないのだ。

家に着いた。テレビを見ながら嫁と夕飯を食べる。嫁のお腹をついつい見てしまうが、まだ膨らんではいない。あたりまえだ。

テレビはスタジオ撮りのクイズ番組をやっていた。手間のかからないバラエティばかり増えた気がする。嫁は珍解答がでるたびに「今のはわざと間違えたな」「この人はほんまにアホなんやろな」と厳しいジャッジをくだしている。いつもと変わらない。まったく普段どおり。女はタフだ。それも当然だ。毎月の生理に耐え、子供を産むという大仕事をするのだから。女は立派だ。今は二人だけの食卓ももうじき三人になるのか。にぎやかで楽しいだろうな。四人でもいい、五人、六人いてもいいかと思える。

「なに、あんたニヤニヤして、気持ち悪いで」

嫁がいぶかしげに見る。

「ん……そうかもな。かつて気持ち悪いと思ってたことが実は健全なことやったんやなと思って」

俺は嫁に微笑みかける。

「なにそれ冗談？　意味わからんわ、も〜」

あきれたように嫁は苦笑する。

「そーいやさー、話変わるけどさー」

「なんやねんな」

「今日、生理きたわ～」

嫁はあっけらかんと言い放った。「宝くじ、はずれたわ」程度の軽さで。

「最近、寒かったやんか～。たぶん寒さで固まってたんやろな～。フリーズしてたんやわ、フリーズ」

「あ、そ、そうなんや。ふ～ん」

俺はなにか言いたかった。が、なにも言えなかった。頭の中の混乱を言語化することがまるでできなかったのだ。

「憂鬱なんか漢字で書けるかっちゅーねん！　こいつ芸人のくせして得意げに正解して腹立つわ～」

そして嫁は、早くもテレビの世界に戻っていた。俺は箸を置いた。

「なんか今日は食欲ないからもう寝る！」

少し怒った口調で寝室に入ったが、嫁は俺のことを案じてくれなかった。食べてすぐに寝ると牛になるというが、俺は牛になりたかった。おおらかな草食動物のように葛藤を放棄したかった。

目が覚めると嫁は隣で眠っていた。気持ちよさそうに寝息を立てている。時間を確認すると夜中の一時半だ。夕飯直後から爆睡してしまったらしい。ふたたび目を閉じるものの、眠れそうにない。すでに六時間近く寝ているのだ。中途半端な睡眠をとってしまった。

気分転換に外に出る。近所のコンビニでは俺以外に客はいなかった。店員がせっせと品出しをしているなか、俺の手はエロ本に伸びた。が、テープでとめられていて読むことができない。エロ本はあきらめ、なんとなく目に入ったファッション誌を手にとる。パラパラとページをめくると、白人のイケメンモデルがフォーマルなジャケットにショートパンツを合わせていた。いったいどこを真似ろと言うねん。舌打ちをしてすぐに本を閉じた。

父親になることの恐怖を克服し、妊娠に希望を見出したはずなのに。生理がきたと言われて失望と同時に安堵している自分に動揺している。元の生活に戻ってしまった。このままだと生活様式は変わらない。俺は焦りを感じていた。それは得体の知れない焦りだった。

俺一人では持てあましてしまう、説明しづらい漠然とした葛藤。それでもあの男なら、興味をもって聞いてくれるかもしれない。親身になって聞くというよりは、純然たる好奇心で。

深夜二時。

きっと友はもう寝ている。そして俺は電話をかけている。
深夜二時。
こんな真夜中に。

福島幸治(ふくしま・こうじ)
1975年京都府生まれ。高校卒業後、劇団、お笑い活動を経て、上京する。派遣労働の傍ら小説を執筆。電子書店「パピレス」(http://www.papy.co.jp/)で連作短篇『出会いロール』を読むことができる。本書は書き下ろしで、単行本デビュー作。

ミッドナイト

2011年4月24日初版第一刷発行
著者:福島幸治

編集:加藤 基
発行者:孫 家邦
発行所:株式会社リトルモア
〒151-0051東京都渋谷区千駄ヶ谷3-56-6
TEL:03-3401-1042
FAX:03-3401-1052
info@littlemore.co.jp
www.littlemore.co.jp
印刷・製本:凸版印刷株式会社

Printed in Japan
ISBN 978-4-89815-293-5 C0093